F.J. Buchner

Die Insel

F.J. Buchner · Die Insel
Herstellung: Books on Demand GmbH
ISBN 3-8311-3292-5

Die Insel

Zuerst war es nur ein Gerücht. Pablo Crusis lag auf seinem Bett und blinzelte in den Morgenhimmel. Wie so oft ein schöner Tag, Sonne satt, dachte er, und das sicher schon, seit es die Insel gab. Er stand auf, ging an das Fenster seines Zimmers und sah hinunter auf den Hafen, in dem nur noch wenige der alten Fischerkähne dümpelten, die immer von den Touristen begutachtet wurden. Besonders Schlaue unter ihnen begannen dann zu dozieren. Die Fischerei sei am Ende, sagten sie, längst esse man auch auf der Insel Meeresfrüchte aus Japan oder sonstwo, hier werde kaum noch etwas gefangen. Rotverbrannte, schwerbusige Frauen und dickbäuchige Männer in Bermuda-Shorts hörten ihnen zu, nickten und sahen sich bedeutungsvoll an. Es könnte eben nicht alles gut sein auf der Insel, meinten sie, es müßte auch Schattenseiten geben. Mit bedenklichem Gesichtsausdruck trotteten sie weiter, und die Fotoapparate schlenkerten vor ihren Leibern. Die Jüngeren, die Schlanken und Braunhäutigen, kamen um diese Zeit fast nie zum Hafen. Sie waren am Strand oder in ihren Hotelzimmern und erholten sich von harten Nächten.

Heute, am Sonntag, hatte Pablo Ruhe. In die Messe ging er schon lange nicht mehr, außer wenn er die Mutter in ihrem Dorf besuchte, okay, dann mühte er sich die Stufen zur allmählich zerfallenden Kirche hinauf, der alten Frau zuliebe. Verdammt, er hatte die Freizeit aber auch nötig. Jeden Morgen mußte er vor Sonnenaufgang hinaus, Gemüse fahren und Obst, von der Großmarkthalle in die Hotels und Restaurants, die sich an der malerischen Küste der Insel aneinanderreihten wie - Perlen? Ach was, wie Geschwüre. Vielförmig gebaut, verschiedenfarbig, meist jedoch eintönig weiß überwucherten sie die Landschaft kilometerweit, in einer Höhe und Breite, wie die Alten sie früher nur von den Ansichtskarten aus New York oder Chicago kannten, die von den Auswanderern in die Heimat geschickt wurden. Der Touristenboom hatte vieles verändert, seine Folgen waren unübersehbar. Millionen von Menschen sollten es mittlerweile ja sein, die jedes Jahr hier einfielen, sonnenhungrig und erlebnisgeil, getrieben von der Sucht nach Relax und Events, dem Verlangen nach Love und Sex, nach Drinks und lockerem Life an den hellen Stränden und von dem Glauben an das Glück auf der Insel im ewig blauen Meer, das ihnen die Agenturen auf vielerlei Weise versprachen.

3

Pablo setzte sich auf seinen Stuhl und zündete sich eine Zigarette an. Dieses Gerücht...

Hernando hatte von etwas geredet, vorige Woche, in der Halle, als sie beisammen standen und rauchten. Grüner Blödsinn vermutlich, Hernando war so einer. Das Obst sei nicht okay, hatte er gemeint, und auch mit dem Gemüse stimme es nicht. Verseucht sei manches, vor allem, was aus der Region Callio stamme, aus dem Nordwesten der Insel. So etwas wie Radioaktivität sei festgestellt worden, Ingenieure seien beim Messen beobachtet worden. Er selbst werde jetzt nur noch aus dem eigenen Garten essen, auch wenn der Chef ihnen noch so oft erlaube, den Anteil zu nehmen. Er wolle nicht krepieren, schließlich habe er Frau und Kind. Hernando war ein Spinner, er war es immer schon. Vielleicht wollte er sich auch wichtig machen, es hieß, er werde bald für die Umweltpartei in die Inselvertretung gewählt, ins Parlament, und da kam ihm so eine Sache wohl gerade recht. Außerdem, woher sollte er wissen, daß da Ingenieure waren? Die Herren da oben würden alles andere tun als einem kleinen Jobber wie ihm so etwas zu stecken. Die Kameraden hatten auch nur gegrinst und am späten Mittag wie immer ihre Portionen aus dem Restobst und Gemüse genommen. Schön dumm, auf den einzigen Vorteil zu verzichten, den man bei der Schinderei noch hatte!

Ja, eine verfluchte Schinderei war es. Jeden Morgen dasselbe, raus aus dem Bett, in die Klamotten, dann mit der alten Vespa zur Markthalle, schnell auf den 1 1/2-Tonner, laden und fahren, eine Palette und Kiste nach der anderen. Über die menschenleeren Straßen an die Hotels und Restaurants heran, ausliefern, das nörgelnde Küchenpersonal, die Meckereien, die falsch geparkten Autos. Später dann das erste Gedränge, die Frühaufsteher, die Touristen, ihre Wißbegier, die dämliche Fragerei, das sich Anbiedern bei ihm, dem ‚Eingeborenen'. Auspakken, einpacken, bis in den Mittag hinein, und das bei der Hitze in den Hinterhöfen, während es an den Stränden zu wimmeln begann. Schließlich Siesta in seiner Bude, deren Miete ihn wütend machte, wenn er an früher dachte. Abends essen, manchmal in einer Bodega in der Nebengasse, manchmal, wenn er Geduld hatte, ein Gericht auf seinem Gaskocher. Danach, bis gegen Mitternacht, ein wenig Wein mit den Freunden, ein Kartenspiel, ein Schwätzchen. Meist früh ins Bett, sonst schaffte man die Arbeit nicht. Am schönsten war es noch, über die Extranjeros zu reden, über deren verrückte Gewohnheiten, sich etwa während der Siesta in die Sonne zu legen, schon tagsüber

Alkohol zu trinken oder in den Restaurants Dinge wie Schweinshaxe oder Bratwurst mit Bier zu vertilgen. Die ausländischen Mädchen anzustarren war mit der Zeit langweilig geworden. Es gab einfach zu viele von ihnen, der stets gleiche Anblick nackten Fleisches stumpfte ab, vor allem, wenn es so geballt daherkam. Als er vor Jahren sein Dorf verlassen hatte, um in den Revieren des Tourismus sein Geld zu verdienen, hatte die Mutter ihn gewarnt vor den „fremden Weibern". Sie seien schamlos und leichtfertig, hatte sie gesagt, und sie wollten die einheimischen Jungen nur verführen, um sich danach über sie lustig zu machen. Da war er noch neugierig. Jetzt stand er über solchen Dingen, denn wie die meisten hatte er seine Frauen gehabt, hiesige und „fremde". Es waren aber nur Affären gewesen, kurze Sachen mit Pauschalurlauberinnen, mit einer Küchenhilfe vom Festland und einer Hotelangestellten aus der Nachbarschaft.

Radioaktiv verseucht...

Pablo schüttelte den Kopf. Wovon denn? Sicher, vor vielen Jahren hatte es diesen Atomunfall in Rußland gegeben, in der Ukraine, in Schernowil oder wie das hieß. Er war noch klein damals, als die Leute im Dorf davon sprachen, aber das war lange her und weit weg, nichts war bis hier in den Süden gekommen. Nur um den Unglücksort herum sollten schlimme Dinge passiert sein, tote Menschen und leeres Land, für viele Jahre unbewohnbar. Was hatte das mit der Insel zu tun?

Auch während seiner fünfzehn Monate in Deutschland hatte er wenig von diesem Vorfall gehört. War ein guter Job gewesen damals, in dem Restaurant in Dortmund, aber dann hatte er es nicht mehr ausgehalten in der Ferne und war zurückgekehrt in die Heimat.

Pablo stand von seinem Stuhl auf und zog sich an. Mal sehen, was heute los war. Einige Freunde würde er in der Stadt schon treffen.

Um dieselbe Zeit freute sich in Ratingen bei Düsseldorf ein Mädchen namens Jana Heller auf ihren ersten Sommerurlaub. Einige Monate nach dem Abitur hatte sie ihre Ausbildung bei einer Bank begonnen, und heute brachen nach einem Dreivierteljahr die freien Wochen an, heute würde sie vom nahen Flughafen aus starten, zur berühmten Ferieninsel, zusammen mit ihrer Freundin Silke. Die hatte sie überredet, denn eigentlich wollte sie woanders hin, aber Silke war schon einmal dort und hatte sie angesteckt mit ihrer Begeisterung für das Sonnenparadies, für den Strand und das Meer, für das, was sie „absolut geil" nannte, für die Diskos, die Jungen und die Nächte.

Ihre Eltern waren dagegen gewesen, hatten sauer reagiert, aber dann war zuerst Mutti weich geworden und hatte ihr vorhin, bevor sie den Koffer schloß, schnell noch ein Päckchen mit Kondomen zugesteckt. Der Vater brachte sie mit dem Wagen zum Flughafen, in dessen Abfertigungshallen es zuging wie in einem Bienenstock. Bronzene Horden von Ankömmlingen kreuzten die Wege der blassen Abreisenden, man musterte sich im Vorbeigehen, neidisch, verächtlich, gleichgültig. An den Schaltern drängte es sich, Gepäckstücke, Kinder und Erwachsene in wirrem Durcheinander. Silke war schon da und umarmte sie stürmisch. Sie wußte Bescheid, fand sich sofort zurecht, und bald war alles eingecheckt. Als die Koffer auf dem Band verschwanden, gab Jana ihrem Vater die Hand. Der versuchte ein fröhliches Gesicht zu machen, aber es gelang ihm nicht. Sie küßte ihn und eilte der Freundin nach, die schon nahe am Ausgang war.

Nach gut zwei Stunden landeten sie auf der Insel. Im Flieger hatten sie eng gesessen, über Mitteleuropa lagen Wolken, und sie hatten wenig mitbekommen. Silke nickte ihrer Freundin zu, als sie bei strahlender Sonne den Flughafen verließen und mit dem Bus die Küstenroute entlang zu ihrem Hotel fuhren. Jana sah hinaus auf die vorbeihuschenden Fassaden der weißen Industrie, auf die Restaurants mit den grellen Neonröhren, die Hoteltürme, die aufgereihten Palmen. Sie sah die vielen Touristen, die Geschäfte, die Bistros, Kneipen und Straßencafés, die voll waren von Gästen. Tiefgebräunte Mädchen, manche nur in Bikinis oder in Tangas, fettleibige Frauen, grauhaarige Gaffer und Jungen in hautengen Muskelshirts flanierten auf den Promenaden. Lässig lehnten einige an Trinkpilzen. Gläser mit rosa Getränken blitzten in ihren Händen, und sie blickten hinüber zum Strand, an dem die Menschenmassen brodelten. Dahinter leuchtete in hellblauem Dunst das Meer.

Als die Mädchen am Hotel ausstiegen, hörten sie Musik, von verschiedenen Seiten her. Kubanische Klänge, einschmeichelnd und lasziv. Silke begann zu schwärmen. Alle Leute ringsum seien so entspannt, so fröhlich und locker, sagte sie. Sie nahm die Freundin an die Hand.

Am Himmel war keine Wolke.

Die Insel. Die einmalige Natur. Die feinsandigen Strände. Die gelbroten Felsküsten, das klare, azurfarbene Meer. Die aufschäumende Gischt der Brandung. Die knorrigen Pinien und Eichen über den Klippen, die dunkelblauen Linien der Berge, die hellgrünen Wälder. Die steil aufragenden Gebirgsformationen. Die weinbewachsenen Hänge und Ebenen, die Olivenhaine, die Getreidefelder. Die weißgekalkten Windmühlen. Die anheimelnden Orte, die Fischerdörfer, die nostalgisch schöne Hauptstadt mit ihren verwinkelten Gassen. Das seidenweiche Klima, die nie versagende Sonne. Die stets wehenden, leichten Brisen. Die Kultur. Die alten Kirchen. Die romantischen Plätze, die bougainvillesumrankten Häuser. Die Steinwälle, die Blumen, die Fincas und Haziendas. Die anheimelnden Weinschenken. Die liebenswerten, freundlichen Menschen, ihre Lieder, ihre Sitten und Gebräuche. Die religiösen Feiern und fröhlichen Feste. Die großäugigen, lebhaften Kinder, die hochgeachteten Alten. Das harmonische Miteinander in den Familien, Dörfern und Städten...

Die hereinbrechende Armut. Der Niedergang der Landwirtschaft. Die Arbeitslosigkeit, die Not und der Zwang auszuwandern. Verlassene Siedlungen, brüchige Gebäude und verödende Gehöfte. Verkrautete Äcker, angefressene Obstbäume und verkommene Weingärten. Leere Fischgründe, verrottende Boote. Ratlose Gemeindeväter in zerreißenden Gemeinschaften...

Der Tourismus. Das neue Geld. Der Aufschwung. Die Rettung. Die ersten Hotels und Pensionen am Rand der Fischerorte. Bescheidene Möglichkeiten zuerst, ein Job als Zimmermädchen oder Kellner, ein kleines Restaurant mit Wein, Paella oder gegrilltem Fisch. Handwerker bekamen wieder zu tun, Dienste waren gefragt. Die Fremden störten kaum. Sie waren interessant, sie waren willkommen.

Der Boom. Die große Welle. Die riesigen Projekte. Ein Hotel nach dem anderen, Ferienhäuser, Feriendörfer, Ferienstädte. Gigantische Anlagen, Restaurants und Lokale im Stile vieler Länder. Kaum noch inseltypisch. Maurisch gestylte Cafés, bayrische Saufpaläste, britische Whiskeyhöhlen und französische Gourmettempel. An den Stränden Pommesbuden, Biertheken und Sangriaabfüllstationen. Endlose Zementpromenaden, Betonlandschaften, eingestreut die Kathedralen der Popmusik, Diskotheken und Tanzhallen. Andenkenstände mit allem Kitsch der Welt, Textilläden voller Billigfähnchen, aber auch Boutiquen mit Edelware. Fitness-Salons, Bräunungsstudios und Sexshops.

Weitab die Villen der Residenzer, der wohlhabenden Ausländer. Gepflegte Grundstücke, die Rasenflächen nachts berieselt. Swimmingpools mit Meeresblick, parkartige Bepflanzungen, gehegt von kundigen Gärtnern. Weitläufige Terrassen, luftige Räume mit Travertinfußböden und Designermöbeln. Wohlsortierte Weinkeller. Der Computer für den Börsenbericht und die Bücherwand voll von klassischer Literatur. Gebildete Bewohner, kenntnisreich, den schönen Künsten zugetan, mit der Geschichte und der untergehenden Kultur der Insel vertrauter als die Einheimischen selbst. Genußmenschen. Hier eine Vernissage, dort eine Soiree, Essen und Trinken in ländlich gestyltem Ambiente. Golf auf den besten Plätzen der mediterranen Reservate. Verachtung für all das, was aus den Touristenbombern quoll. Prominente aus Show und Sport, denen sich die Einfachurlauber auf der Insel nahe glaubten, die aber mehr noch als sonst auf sie herabschauten und auf gehörigen Abstand hielten.

Die Massentouristen. Meist aus den Industriestädten Mittel- und Nordeuropas. Angestellte, Arbeiter, aber auch Schüler und Studenten. Männlich, weiblich, jung. Fast nur Singles. Sonne tanken, braun werden, im Meer toben, Bananaboat gurken, auf dem Wasserjet düsen oder mit der gemieteten Motoryacht die Schwimmer scheuchen. Am Strand strunzen. Die Mädchen permanent in Pose. Wer hat den geilsten Body? Bier und Sangria rein, die Sau raus. Zivilisation adé. Lärmen, Grölen und dauerndes Wippen im Rhythmus des Hits der Saison. Techno-Taumel, durch die Nächte mußt du durch. Girls anmachen. Saufgelage und Bumsorgien am Strand oder in den Zimmern der Hotels. Kurzschlaf in den Betonwaben, am Morgen Aspirin und Cola. Nach dem Frühstück der erste Muntermacher. Regeneration im Aerosol der brausenden Wogen, Abschlaffen in der Glut der brennenden Sonne. Den vorbeistolzierenden Mädchen auf Po und Busen glotzen. Am Pilz der nächste Kampftrunk aus dem Eimer. Mehr davon. Wer schafft die meisten? Verbrüderung mit gleichstark Besoffenen. Irre Spiele, nackte Ärsche, Wettpissen, Weiberstrip. Abends Miß- und Misterwahl, hart an der Grenze zum Porno. Neuer Spaß, neues Glück. Oder Pech. Die Zicke will nicht, laß' sie sausen.

Die über vierzig. Meist Paare. Schon früh am Strand. Topfit. Die Liege, die Einreibe, dat' hier is' die beste. Die Bild, frisch aus Deutschland eingeflogen. Ha, wir lesen sie eher als der Erwin daheim! Zoff mit der Frau. Wie weit dat Boot da wohl weg is'? Siehste, ich hatte recht, Mama, wie immer! Jetzt ein Bierchen, aber nich' so wie die

Jungen, die benehmen sich ja echt wie die Schweine. Dat Hotel is' gut, die Bedienung nett, besonders die kleine Schwatte - Mama, guck nich' so böse. Nur der Krach nachts und die Hitze, man schläft nich' so gut wie zu Hause. Und dat richtige Fernsehen, dat vermißt man, ährlich. Na ja, fünf Tage noch, dann haben wir't geschafft. Aber sonst is et schön, man muß et sagen. Nur schade, dat wir die Stare vom Film nich' gesehen haben.

Andere. Rentner. Familien mit Kind, Sonnenschirm und Hund. Junge Mütter mit Baby, aber ohne Mann. Am Strand liegen, im Meer planschen, Spaziergänge am Saum der leckenden Wellen. Eis und Pommes, Hamburger und Bratfisch. Shopping, Cappuchino und ein kühles Helles. Abends zur Parade der deutschen Volksmusik, zur Original-Flamenco-Show oder zum Schuhplatteln in die Bayerndiele. Danach Disko oder Glotze. Hip und Hop und Rock und Pop. Sollen wir nicht mal ins Museum schauen? Ach was, kostet Geld. Morgen geht's weiter.

Naturfreaks und Freunde des Sports. Nicht viele, aber immer mehr. Scharfes Wandern, Joggen oder Mountainbiken. In schrillem Outfit über Berg und Tal, auf steilen Pfaden durch Macchie, Wald und Fels. Verschwitzte Individualisten, kopfschüttelnd betrachtet von den Insulanern, die nicht begreifen können, daß Menschen so dumm sind, sich sinn- und ziellos durch die Landschaft zu schlagen.

Kultursüchtige. Wenige nur. Ständig auf der Jagd. Städte, Kirchen und Kapellen, Schlösser, Dörfer und Ruinen. Dem Himmel sei Dank, endlich ein Museum. Sieh mal da und guck mal dort, oh wie schön und ach wie nett. Versierte Kenner auf historischen Spuren, Goethe was here. Kein Fresko bleibt verschont, kein Grabmal unentdeckt. Die Gotteshäuser so angenehm kühl, da kann man verweilen und die Mentalität der Eingeborenen verstehen lernen. Abends Wein. Den heimischen, aber nicht zuviel. Schade, daß manche Leute sich an den Stränden so miserabel aufführen. Man muß sich ja schämen!

Wohin geht es morgen?

Die Eingeborenen. Viele Facetten. Alte und Junge. Profiteure und Verweigerer. Gestrige, die der verlorenen Insel nachtrauern, Fortschrittliche, die begeistert sind von der Entwicklung und die Statistiken bejubeln. Kaum noch Arbeitslose, immer mehr Geld in privater und öffentlicher Hand. Wohlhabende in allen Branchen. Viehzüchter, Weizenbauern und Winzer verkaufen gut, Bäcker und Fleischer steigern ihre Umsätze. Tier- und Humanmediziner erweitern ihre Praxen,

Rechtsanwälte und Notare verdienen glänzend am Immobilienrausch, andere an zunehmenden Prozessen. Die Bauwut beschert die Grundstückseigner und beschäftigt ein Heer von Architekten und Handwerkern. Den Besitzern der Beherbergungs- und Restaurationsbetriebe fließt der Mammon nur so in die Kassen. Und auch der kleine Mann darf dabei sein, wer will, findet Arbeit, vor allem in den zahllosen Verästelungen des touristischen Gewerbes.

Die Kommunen können investieren. Nie haben die Ortschaften so sauber ausgesehen, neue Wasserleitungen und Kläranlagen, renovierte Rathäuser und Schulen sind der Stolz der Gemeindeväter. Mit den Pauschalurlaubern muß man leben. Gut, es fällt manchmal schwer, besonders, wenn man sie in der Nähe hat. Aber sie bleiben anonym, und man kann sie behandeln wie eine Ware. Natürlich ohne daß sie es merken. da muß man geschickt sein. Sie bringen schließlich das Geld, aber sie reisen auch bald wieder ab. Und immer wieder kommen neue.

Die reichen Fremden, die Residenzer? Man sieht sie kaum, man hört nur manches. Seit sie hier wohnen, sind die Preise für Grund und Boden ins Uferlose gestiegen. Schon über zwanzig Prozent der bebauten Inselfläche soll ihnen gehören, das ist schlimm, damit müßte Schluß sein. Einige von ihnen sind arrogant. Sie wissen alles besser und kümmern sich um Angelegenheiten, die nur die Insulaner angehen. Aber auch sie sind zu ertragen, zumal sie in den Medien immer so schön von der Insel schwärmen und damit noch mehr Urlauber anlokken. Wer wollte murren?

Die Verlierer. Die Stolzen. Die Sturen. Bauern und Schäfer, einige Pfarrer und Lehrer, manche Künstler. Sie halten wenig von dem, was die Insel reich macht. Spinner, Eigenbrötler, kleine Peer Gynts. Lieber tot sein als Sklave? Ignoranten! Charakterlose Beflissenheit, gespielte Freundlichkeit gegenüber den Touristen, ein ewiges ‚Ridi, Bajazzo‘ werfen sie den Gewinnlern vor. Manche von ihnen meinen gar, man müsse in Armut leben, um anständig zu bleiben. Andere weigern sich, ihre dürftigen Äcker als Bauland zu verkaufen. Unbegreiflich. Sie sagen, die Insel drohe unterzugehen, sie verliere ihre Eigenart, sie werde durch die Überfremdung zerstört. Die Geistlichen beklagen den Verfall der religiösen Sitten, die Pädagogen warnen, die Jugend der Insel werde durch das, was sich an den Stränden und in den Hochburgen des Tourismus abspiele, bis ins Mark verdorben.

Die Unzufriedenen sind in der Minderheit. Man kann Räder nicht zurückdrehen. Die Welt ist eben so.

Herbert Kauner gehörte zu den Residenzern, zu den Extranjeros, die ständig auf der Insel lebten. Diese Fremden hatten sich hier mehr oder weniger rechtzeitig ihre Fleckchen Erde gesichert und mit Häusern bespickt, die, obgleich im Landesstil geplant, reichlich überdimensioniert ausfielen und mit einem Komfort ausgestattet waren, der alle Maße sprengte und bei den Einheimischen seltsame Gefühle erzeugte. Kauner unterschied sich allerdings von solchen Residenzern, die vornehmlich von den Zinsen ihrer Vermögen zehrten, weil er auf der Insel arbeitete, genauer gesagt, gearbeitet hatte, bevor er die Geschäfte kürzlich seinem Sohn übergeben hatte. Er war bekannt, man nannte ihn den Frikadellenkönig, seit er hier vor langer Zeit mit viel Fleiß, Geschick und Rücksichtslosigkeit ein wahres Hackfleischimperium errichtet hatte. Aus Sachsen stammend und Metzger von Beruf, war er Mitte der sechziger Jahre auf die Insel gekommen und hatte sich zunächst bei einem Einheimischen verdingt. Als aber dann die Touristenzahlen wuchsen, witterte er seine Chance. Er ahnte, daß die Scharen aus dem Norden nur befristet auf die gewohnte Kost würden verzichten können, und so eröffnete er mit mühsam Erspartem die erste Imbißbude, auf der zu lesen stand ‚Hier kannst du futtern wie bei Muttern‘, und der Erfolg kam wie von selbst. Heute war er der Herr der Fast-Food-Ketten, in denen alle möglichen, von ihm kreierten Mett-, Tartar- und Hackepeterkombinationen dargeboten wurden, die samt und sonders aus seiner Fleischfabrik kamen. Er hatte nichts dagegen, als Millionär bezeichnet zu werden, und zwar, wie er schmunzelnd meist hinzufügte, als Dollar- und nicht als Euromillionär. So wenig wie an Geld allerdings fehlte es ihm auch nicht an Neidern, die sich, von Mißgunst wohl und Spott getrieben, immer wieder über eine seiner Eigenheiten hermachten, seiner Art nämlich, sich anderen Menschen vorzustellen. Obschon längst der Heimat entwöhnt, hatte er seinen sächsischen Dialekt nicht ablegen wollen oder können, und so klang es denn jedesmal, wenn er seinen Nachnamen nannte, wegen des weich gesprochenen ‚K‘ nicht wie „Kauner“, sondern wie „Gauner“. Er war sich dieser Lautverschiebung überhaupt nicht bewußt und pflegte das rotwelsche Wort stets laut und deutlich hinauszuposaunen, was die meisten seiner Gegenüber in kaum zu verbergende Heiterkeit versetzte. Auf der Insel hieß er deshalb auch bald der ‚Frikadellen-Gauner‘, und viele meinten, der Name treffe durchaus zu. Doch Gauner hin, Kauner her, der dicke und scheinbar friedliche Metzger galt als tüchtiger und ehrenwerter Mann. Er konnte bei aller Bonhomie aber auch ungemütlich werden, besonders, wenn es um sein fleischernes Reich ging. Da kannte er kein Pardon, und wenn jemand sein Lebenswerk nur im geringsten zu bekritteln oder gar zu bedrohen schien, geriet er in Zorn, er wurde unberechenbar und begann dem Stier zu gleichen, der in der Arena den Torero mitsamt dem roten Tuch zerfetzen möchte. Selbst sein Sohn fürchtete ihn dann.

Im Nordwesten der Insel, am Rande eines abgelegenen Dorfes, lebte der Kleinbauer und Schafhalter Juan Lopez. Am Morgen des Tages, an dem Jana Heller mit ihrer Freundin in den Urlaub flog, entdeckte er bei seinen Schafen etwas, das ihn erschreckte. So etwas hätte es woanders auch schon einmal gegeben, tröstete er seine kleine Tochter, die kurz nach ihm in den Stall kam und entsetzt auf das hinunter sah, was vor ihr auf dem Boden lag. Ganz wohl war dem Schäfer aber nicht, als er seinem Mädchen gut zuredete, denn es machte schon einen Unterschied, ob man etwas nur hörte oder in der Zeitung las oder ob es einen selbst traf. Seit Wochen hatte das Kind sich auf das Lämmchen gefreut, das heute in der Frühe geboren worden war. Jetzt würde er es dem Tierarzt melden müssen.

Das Mädchen mochte gar nicht hinschauen. Unten im Stroh, blutig und verschleimt, neben der mit Fliegen übersäten Fruchtblase, krümmte sich ein Wesen, das man kaum als Lamm bezeichnen konnte. Es war das, was man eine Mißgeburt nannte. Es war verkrüppelt, die Gliedmaßen waren ungleich lang und verzogen, der Kopf hing schief am Hals, nur ein Auge war erkennbar, und die Ohren fehlten. Das Geschöpf atmete stoßweise, unregelmäßig, als stürbe es. Das Muttertier stand neben ihm, beugte sich hinunter und beleckte es, dann wendete es sich ab.

Lopez ging mit seiner Tochter zurück ins Haus und rief den Tierarzt an. Als der kam, weinte das Mädchen, wie so oft in letzter Zeit, seit es mit dem Vater allein war. Der Doktor untersuchte das Wesen und schüttelte den Kopf. Schließlich richtete er sich auf und sah Lopez scharf an. Er fragte ihn nach den anderen Schafen, nach dem Futter, den Wiesen. Er schaute sich um, betastete einige Lämmer und beschäftigte sich lange mit dem Muttertier. Das mißgestaltete Neugeborene war schon tot. Lopez mußte es in Folie packen und in den Kombiwagen des Arztes legen. Als der Doktor sich verabschiedete, sagte er dem Bauern, daß er die Behörden informieren werde. Es sei nicht der einzige Vorfall in der letzten Zeit.

Drei Tage später fand ein Free-Climber die Leiche des Tierarztes an den Klippen im Nordwesten der Insel. Lopez erfuhr es aus der Lokalzeitung. Wahrscheinlich Selbstmord, hieß es dort, Doktor Robles habe sich von einem Felsen gestürzt. Als Ursache vermute man familiäre und finanzielle Probleme. Als der Schafzüchter es las, nickte er. Er wußte, daß der Doktor sich verschuldet hatte, sein Haus war fast so aufwendig gebaut wie die Villen der Residenzer, der reichen Fremden, die sich seit Jahren schon in den schönsten Gegenden der Insel breit gemacht hatten. Überdies wurde getuschelt, daß seine Frau sich von ihm habe scheiden lassen wollen, wegen eines anderen, so sagte man. Dennoch war Lopez betroffen. Nichts hatte er dem Doktor angemerkt, als er auf dem Hof war, im Gegenteil, er war ihm sehr lebendig und energisch vorgekommen. Vielleicht war es auch ein Unfall? Die Klippen waren nicht ungefährlich, da war schon mancher verunglückt. Ob er jetzt noch eine Rechnung bekäme? Und würde sich jemand um den Lammkadaver kümmern?

Jana Heller wachte mit Kopfschmerzen auf. Wieder so eine Nacht.
„Hattest du auch an die Kondome gedacht?"
Silke, die neben ihr im Doppelbett lag, sah reichlich mitgenommen aus.
„Ja, was denkst du denn!"
Beide schwiegen. Fünf Tage waren sie jetzt auf der Insel, und sie hatten einiges hinter sich.
„Irgendwie steht's mir im Moment bis hier, ich weiß nicht, aber es ist so."
Jana war die hübschere der beiden. Silke sah überrascht zu ihr hinüber.
„Macht's dir keinen Spaß mehr?"
„Sei ehrlich, dir doch auch nicht!"
Silke sagte nichts, sie starrte vor sich hin.
„Also daß ich mit dem gestern gepennt habe, das liegt mir jetzt noch quer. Überhaupt, ich mach mich jetzt rar, mich kriegst du die nächsten Nächte in keine Disko mehr und erst recht nicht zu den Strandfeten. Sense."
„Wieso, deiner sah doch gut aus."
„Im Dunkeln vielleicht, oder im Gegenlicht. Nee, Silke, dieser Frust aprés, schon der zweite jetzt! Die blöden Saufereien und die Anmache, ich hab' genug. Die Kerle sind alle hirnlos, sie sind nur unten

stark, und das ödet mich an. Ab sofort ist alles dicht, wenn du weißt, was ich meine."

Silke lachte.

„Okay, Lady, wie du willst. Wir können heute ja mal was anderes machen. Wir könnten uns einen Wagen mieten und abschwirren. Drinnen soll die Insel ja auch schön sein. Aber erst frühstücken!"

Die Mädchen duschten, zogen sich an und gingen hinunter in den Speisesaal, in dem es laut war von scheppernden Tellern und Tassen, von plaudernden Gästen, Kellnerrufen und Kindergeschrei. Jana fiel auf, wie immer, und fast alle sahen ihr nach, während sie sich geschmeidig durch die Reihen wand. Als sie ihr schulterlanges, kastanienfarbenes Haar nach hinten warf, wurde ihr wunderschönes Profil sichtbar. Durch ihre vollen, leicht geöffneten Lippen schimmerten makellos weiße Zähne, ihre Haut war leicht gebräunt, und mit großen, dunkelgrünen Augen blickte sie um sich.

Silke hatte blondes, gelocktes Haar und schaute die Leute mit ihren blauen Augen immer etwas keck und herausfordernd an. Sie war ein wenig kleiner als Jana. Eher als ihre Freundin war sie darauf aus, möglichst viele Menschen kennenzulernen und Besonderes zu erleben.

Aus der Mittagshitze in die Kühle des Obduktionsraums, da hatte der Polizeibeamte Stefan Vargas nichts dagegen. Am Morgen war er von der Hauptstadt aus aufgebrochen, um nach Callio in das dortige Krankenhaus zu fahren. Er wollte sich selbst davon überzeugen, daß ein Verdacht in der Sache Robles nicht unsinnig war.

Der Arzt schlug das Tuch zurück, das die Leiche des vermeintlichen Selbstmörders bedeckte. Er wies auf den Hals und die Ellenbogen des Toten.

„Würgemale, eindeutig. Er ist, wie ich Ihnen faxte, weder durch sich noch durch einen Unfall umgekommen. Sehen Sie sich die Kehle und die Armbeugen an. Die Hämatome sind jetzt, zwei Tage danach, noch besser zu sehen. Es muß Mord gewesen sein. Der Mann ist am Hals gepackt worden, und man hat ihm die Arme verdreht, weil er sich wehrte. Dann hat man ihn die Klippen hinuntergestürzt."

Vargas nickte.

„Sie könnten recht haben."

Mehr sagte er nicht, und der Mediziner war zufrieden. Vargas überlegte. Wer hatte den Tierarzt umbringen wollen? Wo war das Motiv? Er gab die Leiche frei und bat, telefonieren zu dürfen.

Frau Robles meldet sich ziemlich spät, war aber sogleich mit seinem Besuch einverstanden, und Vargas setzte sich in seinen Wagen, um zu ihr hinauszufahren. Das Haus lag auf dem Lande, ein wenig außerhalb von Callio, und als der Polizist ankam, staunte er, wie luxuriös es war. Die Frau wirkte traurig, als er ihr Beileid wünschte, war aber, als sie im Salon miteinander redeten, so sicher und gefaßt, daß er fast zu glauben begann, was die Leute über sie und ihren Mann erzählten. Bald jedoch erfuhr er, daß all das, was ja auch die lokale Gazette angedeutet hatte, in keiner Weise zuzutreffen schien. Das Haus sei so gut wie bezahlt, sagte ihm die dunkelhaarige Frau ein wenig empört, als er sie daraufhin ansprach, und wenn jemand annehme, ihr Mann habe sich ihretwegen das Leben genommen, so irre er sich, denn sie hätten sich, was ihre Ehe betreffe, längst arrangiert gehabt. Sie könne nach wie vor nicht begreifen, daß er das getan habe.

Vargas hielt sich jetzt nicht mehr zurück.

„Frau Robles, Ihr Mann hat sich nicht umgebracht, sondern ist...ermordet worden."

Die junge Witwe schaute ihn an, war aber nicht so überrascht, wie er erwartet hatte. Hatte sie so etwas schon vermutet? Doch dann merkte er, wie bestürzt sie war, denn als sie ihm einen Kaffee einschenkte, zitterten ihre Hände. Nachdem er ihr gesagt hatte, wie es passiert sein könnte, saßen sie sich eine Weile stumm gegenüber.

„Hatte Ihr Mann Feinde?"

Die unvermeidliche Frage. Frau Robles hob die Schultern.

„Ich weiß nicht, aber eigentlich nicht. Er war sehr impulsiv und regte sich über manche Dinge in seiner Praxis auf. Er konnte halsstarrig sein und focht eine Sache durch, von der er überzeugt war, und das war nicht allen genehm. Aber direkte Feinde? Ich kann es mir nicht vorstellen."

„Darf ich mich, bevor ich gehe, auf seinem Schreibtisch umsehen?"

Sie führte ihn in ein geräumiges Arbeitszimmer und ließ ihn allein. Vargas durchsuchte dies und das, dann stieß er auf ein Blatt mit Namen. Unten auf dieser Liste war eine Notiz hingekritzelt, er las so etwas wie Veterinäramt. Nichts Besonderes, dachte er, aber er steckte den Zettel ein.

Als er in den Salon zurückkam, spürte er, daß die Frau nicht länger gestört werden wollte, und er verabschiedete sich.

Am nächsten Morgen ließ er sich in seinem Büro in der Hauptstadt die Telefonnummern der Leute heraussuchen, die auf der Liste standen. Fast alle fanden sich im Fernsprechverzeichnis, und zwar im Bereich der Region Callio. Er wählte den ersten an, einen gewissen Juan Lopez, und er hatte Glück, der Mann meldete sich. Eine halbe Stunde später war dem Kriminalbeamten klar, daß der Tierarzt all jene Schaf- und Viehzüchter notiert hatte, die in letzter Zeit bei ihren Tieren Tot- oder Mißgeburten zu beklagen hatten. Würde es sich lohnen, einer solchen Sache nachzugehen? Vargas rief das Veterinäramt an. Die Beamten dort wußten von nichts, waren aber an der Namensliste derart interessiert, daß er mißtrauisch wurde. Am späten Nachmittag wurde er zum Chef bestellt. Der ließ sich über die Angelegenheit berichten, dann sagte er dem Kommissar, daß sich ab sofort ein anderer Beamter mit dem Fall Robles befassen werde. Das Ganze sei zu speziell für ihn, und es gehe auch über seine Kompetenz hinaus. Er solle sich ab sofort mit dem gestrigen Raubüberfall auf den Juwelier Duarte beschäftigen, der verletzt im Hospital der Hauptstadt liege. Der Täter sei entkommen. Reichlich überflüssig wies der Chef ihn dann darauf hin, daß er wie immer zu strengstem Schweigen verpflichtet sei.

Als Vargas wieder in seinem Büro saß, war er unzufrieden. So etwas war noch nicht vorgekommen, noch nie war ihm ein Fall so abrupt und ohne nähere Begründung entzogen worden. Nachdenklich schaute er auf seinen Schreibtisch, und er bemerkte, daß der Zettel mit den Namen verschwunden war.

Nach dem Frühstück machten Silke und Jana Kassensturz, und da er günstig ausfiel, beschlossen die beiden, sich ein Auto zu mieten, um das Innere der Insel zu erkunden. Mit Hilfe des Portiers lief die Sache, und schon bald stand der Wagen, ein kleiner Seat, vor dem Hoteleingang.

Zuerst fuhren sie auf der Straße in Meeresnähe und winkten den Strandhockern übermütig zu. Dann bogen sie von der Hauptstraße ab, nach links, ins hügelige Binnenland. Sie hatten kein Ziel und ließen sich treiben. Bald wurden die Berge höher und steiler, und es machte Spaß, den Wagen die schmalen Serpentinen hochzuziehen und immer neue Ausblicke zu haben.

„Jana, guck mal, dieses Dorf da auf den Felsen, das gibt's doch nicht! Das ist ja Wahnsinn!"

Jana freute sich, daß Silke der Ausflug gefiel, sie hatte es nicht unbedingt erwartet. Als sie vor der winzigen Schenke an der Piazza des Felsennestes saßen und einen Espresso tranken, konnten sie sich gar nicht einkriegen vor lauter Idylle. Diese Einsamkeit! Diese alten Männer und Frauen in ihrer schwarzen Tracht! Die Hunde und Katzen, die sich auf dem buckligen Pflaster vor der Kirche räkelten! Eigentlich der schönste Tag bisher, fanden sie.

Weiter ging es dann, um das Gebirgsmassiv herum, stundenlang, auf und ab. Schließlich durchquerten sie eine sanftere Landschaft, sie fuhren an Wiesen, Olivenhainen und weinbewachsenen Hügeln vorbei. Zeit für ihr Picknick, meinten sie, denn sie hatten aus dem Hotel Sandwiches und eine Flasche Rotwein mitbekommen. Unter einer alten Eiche machten sie Rast, und sie fühlten sich happy wie lange nicht. Wie weit hatten sie sich wohl von ihrem Urlaubsort entfernt, in welchem Teil der Insel mochten sie sein? An einer Kreuzung hatten sie ein Schild gesehen, Callio 21 Kilometer.

Das Essen und der Wein machten müde, sie legten sich ins Gras und schliefen ein. Als sie aufwachten, entdeckten sie seitwärts auf einem Hang eine Schafherde. Neue Begeisterung. Wie niedlich, wie romantisch! Sie standen auf und gingen hinüber, um das Ereignis aus der Nähe zu betrachten. Plötzlich hörten sie zwischen dem Blöken und Stampfen der Tiere ein wimmerndes Geräusch. Sie folgten ihm und stießen auf ein Mädchen, das neben einem der Schafe hockte und sich über etwas beugte. Jana berührte es an der Schulter, und die Kleine schaute hoch. Sie schluchzte, und im gleichen Augenblick sahen die beiden Urlauberinnen mit Entsetzen, warum. Vor ihnen, halb verdeckt von Grasbüscheln, lag ein merkwürdiges Geschöpf, ein Neugeborenes, ein Lämmchen wohl, oder auch nicht, denn was sich da am Boden wand, glich mehr einem Monster als einem Tier.

Silke konnte den Anblick nicht aushalten, ihr wurde schlecht. Der nasse Körper des völlig verformten Wesens, das statt der Beine nur Stummel und einen übergroßen, schrecklich anzusehenden Kopf hatte, begann zu zittern, dann streckte es sich wie in einem Krampf. Es schien zu verenden. Als das kleine Mädchen die Hände vor's Gesicht schlug, war Jana völlig fertig. Sie versuchte, die Kleine in den Arm zu nehmen, aber die wehrte sich. Dann schrie sie auf und stammelte immer wieder ein Wort. Jana, die sich in der Landessprache ein wenig auskannte, verstand so etwas wie „Schon wieder, schon wieder!"

Geschockt und hilflos standen die beiden Freundinnen da, als plötzlich oben am Kamm des Hügels ein Mann auftauchte. Die Kleine rannte auf ihn zu, schlang die Hände um seinen Leib und weinte. Der Mann nahm sie auf den Arm und kam den Hang hinab. Stumm starrte er auf die Mädchen und dann auf das leblose Etwas. Silke wich zurück, sie schien sich zu fürchten. Jana war mutig und ging auf den Mann zu, den sie für den Vater des Mädchens hielt. Sie versuchte ihn anzusprechen, aber er reagierte nicht. Die Kleine hatte sich losgemacht und streichelte das Mutterschaf, das gleichgültig ins Leere blickte.

„Tierarzt holen, Tierarzt holen", stotterte Jana, und der Mann schaute sie an. Dann schüttelte er den Kopf. „Tierarzt tot", meinte er. Er nahm seine Tochter an die Hand und ging mit ihr den Hang hinauf. Jana wollte ihm folgen, aber Silke war schon unten an der Eiche, und Jana sah, daß sie sich erbrach. Sie kehrte um und kümmerte sich um die Freundin.

Während der Rückfahrt sprachen sie kaum miteinander. Die Stimmung des Vormittags war dahin, der Schreck saß tief, und Silke kämpfte lange Zeit mit ihrer Übelkeit. Ab und zu mußte Jana den Wagen stoppen und warten. Als sie gegen fünf Uhr auf der Hauptstraße waren, den Strand sahen und sich ihrem Hotel näherten, kam ihnen alles mit einem Male ganz fremd vor.

Herbert Kauner schwamm seine morgendlichen Runden im Pool, als sich zwei Männer über die Sprechanlage an seinem Tor meldeten, die ihn zu sprechen wünschen. Sie wiesen sich vor der Videokamera als Beamte der Kriminalpolizei aus. Der Butler des Fleischfabrikanten öffnete und führte die Polizisten in den Empfangsraum der Villa.

Kauner erschien im Bademantel und ließ Kaffee servieren. Seine Laune war nicht die beste. Seit zwei Monaten sei er Privatmann, sagt er den Beamten, er habe kaum noch etwas mit seinen Betrieben zu tun. Was sie von ihm wollten? Die Polizisten nippen ein wenig verlegen an ihren Tassen. Dann fragen sie den Geschäftsmann, ob er den Tierarzt Dr. Robles kenne.

„Gekannt habe, meinen Sie, nicht wahr, meine Herren? Auch ich habe gehört, daß er tot ist. Selbstmord, nicht wahr?"

„Und?"

„Ja, ich kannte ihn. Ich hatte manchmal mit ihm zu tun, wenn ich Fleisch aus der Region Callio holte. Da war er ja zu Hause. Ein Starrkopf war er, und penibel bis dort hinaus. Ich habe mich oft über ihn geärgert."

Die Beamten schauten sich an.

„Wann haben Sie ihn zuletzt gesehen?"

Das Gesicht des Fabrikanten rötete sich.

„Was soll das?"

„Dr. Robles ist ermordet worden, Herr Kauner. Es gibt Hinweise, und wir möchten uns mit Leuten unterhalten, die Kontakt mit ihm hatten, die privat oder beruflich mit ihm zu tun hatten, wie etwa Sie."

Kauner schien überrascht, hatte sich aber sofort im Griff.

„Bitte, was möchten Sie wissen? Natürlich werde ich nicht jede Frage beantworten und vielleicht auch meinen Anwalt holen lassen."

„Also?"

„Wann ich ihn zuletzt gesehen habe? Ich denke, vor zwei oder drei Monaten, als ich noch in der Fabrik war."

„Bei welcher Gelegenheit?"

„Verdammt noch mal, bei Geschäften natürlich. Der Viehdoktor war bockig, manchmal wollte er die Rinder- und Schweinehälften partout nicht freistempeln, da mußte man nachhelfen!"

„Womit?"

Kauner wurde wütend.

„Ja, was glauben Sie wohl? Mit Euros, wie? Mit Drohungen und Schlägertrupps, nicht wahr?"

Die Polizisten lenkten ein.

„So war es nicht gemeint, Herr Kauner. Wir nehmen schon an, daß Sie sagen wollten, man habe ihn überzeugen müssen."

„Ich habe ihn sogar gemocht, Männer wie der waren mir lieber als all die Weicheier ringsum."

Die Beamten sahen sich verunsichert an.

„Verraten Sie mir mal, meine Herren, welchen Verdacht Sie haben, wenn Sie annehmen, daß er sich nicht selbst von den Klippen gestürzt hat?"

„Es ist noch nichts klar, Herr Kauner. Wir tappen im Dunkeln."

„Hängt es womöglich mit den Gerüchten zusammen, die auf der Insel verbreitet werden?"

„Was für Gerüchte?"

An des Metzgers Schläfen schwollen die Adern. Er begann zu schreien.

„Dieses verdammte Geschwätz, dieses idiotische Gerede von verdorbener Ware! Von verseuchtem Fleisch aus der Gegend um Callio, das auch in meiner Fabrik verarbeitet würde! Blödsinn, Quatsch! Herrgott noch einmal, erstens beziehe ich fast nur aus Argentinien, und zweitens, wer bringt so etwas auf, wer will mich kaputtmachen? Welche Säue machen das?"

Der Sachse war derart außer sich, daß die Beamten sich unwillkürlich duckten.

„Wir wissen von nichts, Herr Kauner. Wir kennen diese Gerüchte nicht, wir haben so etwas nie gehört."

Der Hackfleischkönig schaute sie ein wenig erstaunt an.

„Ist auch besser so", murmelte er dann und sah zum Fenster hinaus. Sein Zorn schien verflogen.

Die Polizeibeamten erhoben sich.

„Nichts für ungut, Herr Kauner. Wir bedanken uns für Ihre Auskünfte und auch für den Kaffee. Außerdem möchten wir Ihnen noch einen Gruß vom Chef bestellen. Es war ihm unangenehm, Sie stören zu müssen, aber die Pflicht...."

Der Fabrikant lächelte. Er begleitete die beiden zur Tür und winkte ihnen sogar nach, als sie an der Pforte in ihren Wagen stiegen.

Jana und ihre Freundin lernten Kai Friedmann erst am Ende ihrer ersten Inselwoche auf der Terrasse des Hotels kennen. In den Tagen davor hatten sie den unscheinbaren Mann mit der Nickelbrille kaum beachtet. Er war sozusagen das Gegenbild zu all den tollen Jungs auf der Piste, denn wie er aussah, blaß, schmal, kurzsichtig und mit seinem dünnen langen Haar, das paßte überhaupt nicht zur Insel, zum sexgeladenen Fluidum, zu Muskelspiel und Flirt, zu hartem Suff und heißer Disko. Die weiten, schlabbrigen Jeans und das enge T-Shirt betonten seine hagere Figur, und die ulkige Brille machte ihn auch nicht attraktiver. Silke meinte, der Kerl gehöre Tag und Nacht an den Computer und zum Urlaub nach Weißrußland.

Es war Zufall, daß die Freundinnen sich an seinen Tisch setzten, woanders war an diesem Abend nichts frei. Zuerst schwiegen sie sich an, der Junge war verlegen. Er mochte um die dreißig sein. Schließlich stellte er sich vor, Friedmann heiße er, und er wohne auch in diesem Hotel. Dann tauschten sie Floskeln aus, über das Wetter, das Essen, über die Annehmlichkeiten und Nachteile ihres Quartiers.

Die Mädchen mußten immer noch an den Ausflug denken. Und irgendwie kamen sie darauf zu sprechen, sie redeten über den Schäfer und seine Tochter, und wie die Kleine so sehr geweint habe. Friedmann wurde aufmerksam. Er entschuldigte sich, daß er zuhöre, aber es interessiere ihn, und er sei froh, einmal etwas anderes mitzubekommen als nur Strand, Events und Fun. Jana und Silke blühten auf, sie konnten eine dritte Person einweihen, das tat gut, das erleichterte. Und so wußte Friedmann bald alles, was die beiden auf dem Wiesenhang erlebt hatten, und daß er mehr und mehr Anteil daran nahm, war nicht geheuchelt. Es wurde schon dunkel auf der Terrasse, als er den Mädchen sagte, daß er von Beruf Lokalreporter sei, in Hannover, bei der dortigen „Allgemeinen". Er sei deshalb immer leicht neugierig, und ehrlich, die Sache mit dieser Mißgeburt, die käme ihm schon merkwürdig vor.

„Könnte man da nicht mal nachhaken?"

„Ja, wie denn, Sie Komiker?"

Silke war wie immer sehr spontan. Der junge Reporter ignorierte den Affront, er schien Kummer gewohnt zu sein.

„Zum Beispiel, indem man noch einmal dorthin führe."

Die Mädchen sahen sich verdutzt an. Friedmann trank ihnen zu und bestellte eine zweite Flasche Wein. Und bald schmiedeten sie ihren Plan. Ja, sie wollten noch einmal in den Nordwesten der Insel fahren! Den Weg zu finden würde leicht sein, und dann zu diesem Hang, an dem sie auf die Herde gestoßen waren. Von da aus würde es nicht weit sein zu dem Schafhirten und seiner Tochter, da waren sie sich sicher.

Kai - das ‚Du' mußte jetzt sein und wurde mit einem starken Schluck Wein besiegelt - schlug den kommenden Dienstag vor, da seien auch alle Behörden geöffnet, falls man nachfragen müsse. Und er werde den Wagen besorgen.

„Und 'nen Dolmetscher brauchen wir, Kai. Unsere Kenntnisse reichen nicht."

„Machen wir, ich kümmere mich drum. Nur keine Panik, Mädchen!"

Die drei lebten nicht nur des Weines wegen auf, und ihre Ideen wurden kühner, je später es wurde. Als Kai sagte, er werde seine Rollei mitnehmen, vielleicht auch seinen Laptop, und ob eine von ihnen stenografieren könne, gerieten sie vollends in jenes Feuer, das zu lodern beginnt, wenn es gilt, ein Geheimnis zu erforschen, einer Sache auf den Grund zu gehen oder gar eine Ungeheuerlichkeit aufzudecken.

Der Gemüsefahrer war Kai Friedmann schon öfter aufgefallen. Er beobachtete ihn, wenn er morgens am Hotel die Waren von seinem Wagen lud, mit den Mädchen vom Küchenpersonal herumalberte oder mit dem Koch abrechnete, und er bemerkte, daß er deutsch konnte. Er hörte es, wenn der Bursche sich ab und zu mit Touristen unterhielt. Am Samstagmorgen fing er ihn vor dem Eingang ab und sprach ihn an. Der junge Mann war zuerst unfreundlich, er reagierte unwirsch, doch Friedmann ließ nicht locker und bat ihn, einen Kaffee mit ihm zu trinken. Er sagte, daß er Journalist sei, und fragte ihn, ob er ihm helfen könne. Nach einer Viertelstunde war der Deal perfekt. Pablo Crusis versprach, am Dienstag gegen gutes Geld mit ihm und wem auch immer in den Nordwesten der Insel zu fahren und den Dolmetscher zu machen. Er habe noch einige freie Tage, meinte er, da könne er kommen. Er werde pünktlich um acht am Hotel sein. Worum es denn gehe, und mit wem sie reden wollten? Friedmann deutete nur wenig an, dann verabschiedete er sich.

An diesem Samstag tagte das Inselparlament. Es ging im alten Palais der Hauptstadt um ein ganz wichtiges Thema, einen Dauerbrenner zwar, aber um eine Sache, die vor allem im Sommer die Verantwortlichen zunehmend beunruhigte. Über die Wasservorräte war zu beraten, es war zu bedenken, wie die Bevölkerung, die Touristen, aber auch die Landwirtschaft und die Betriebe der Insel in Zukunft mit dem knappen Naß zu versorgen seien. Seit so viele Menschen wie nie auf der Insel lebten, reichten die natürlichen Ressourcen kaum noch aus. Die Fremden verbrauchten einfach zuviel, drei- bis viermal mehr als die Einheimischen, sie verschwendeten das Wasser, so, als seien sie zu Hause, in ihren Heimatländern. Schon müßten Tanker fehlende Mengen vom Festland herbeischaffen, um die Engpässe zu überbrücken. Gekoppelt an diese Überlebensfrage war die Entsorgung des Wassers, der Bau von weiteren Kläranlagen, denn wenn das Meer verschmutzt sei, da war man sich einig, sei es aus mit der Insel, dann würden die Touristen wegbleiben, und das sei der Untergang.
Noch ein zweiter Punkt war auf der Tagungsordnung verzeichnet, ein weniger wichtiger zwar, aber ein ungewöhnlicher, einer, der neugierig machte. Der Bischof der Insel hatte dem Vorsitzenden des Parlaments einen Brief geschrieben, der sollte verlesen werden, und über dessen Inhalt wollte man diskutieren. Schließlich das bekannte Anhängsel, der Punkt „Verschiedenes".

Zu Punkt eins war wenig und viel zu sagen. Jeder wußte Bescheid, man war sich einig über das Problem, man kannte sich aus. Nur wie es zu lösen sei, darüber war zu streiten. Die einen forderten, die Regierung auf dem Festland müsse für das Wasser wesentlich mehr Steuergelder bewilligen, andere meinten, die Residenzer sollten bei den Gebühren stärker belastet werden als bisher, und manche der Abgeordneten schlugen gar eine Sondersteuer für Touristen vor, eine sogenannte Ökosteuer, die alle zu entrichten hätten, die ihren Urlaub auf der Insel verbrächten. Man könne den Betrag ja gleich auf die Flug- oder Schiffstickets aufschlagen. Neue Stauseen, ein zweites Meerwasserentsalzungswerk und weitere Kläranlagen seien eben sehr teuer. Andere widersprachen. Es sei riskant, sagten sie, die Touristen in dieser Weise abzukassieren, schließlich gebe es noch andere schöne Plätze auf der Welt, und die Konkurrenz laure nur auf solche Fehler. Und höhere Gebühren für die Residenzer? Das brächte nicht genug ein, denn so viele seien es ja nicht. Manche lebten ja auch nur zeitweise in ihren Häusern und verbrauchten zu wenig, als daß die Sache sich lohne. Schließlich einigte man sich, man formulierte ein Schreiben an die Staatsregierung, in dem man darum bat, sobald wie möglich weitere Mittel freizugeben. Die anderen Vorschläge überwies man einem Ausschuß, der solle prüfen, ob Spielräume da seien oder nicht, und außerdem solle er versuchen, neue Quellen zu finden, aus denen man die aufwendigen Vorhaben finanzieren könne.

Nun Punkt zwei. Der Brief des Bischofs. Der Sprecher des Parlaments entfaltete behutsam das mehrseitige, an den Rändern verzierte Manuskript des Kirchenfürsten, und viele der Anwesenden verfielen in andächtiges Schweigen, so tief saß noch die kindliche Ehrfurcht vor allem, was von hoher, kirchlicher Autorität ausging, so stark war bei den meisten der Glaube noch verankert, auch wenn er im Alltag kaum mehr praktiziert wurde. Andere unter den Abgeordneten lächelten spöttisch. Sie hatten sich befreit von naiver Pfaffenhörigkeit, sie verachteten die Riten und das feierliche Gehabe der Gottesdiener, ihnen paßte es nicht, daß die Geistlichen sich in allem und jedem auszukennen anmaßten, daß sie sich einmischten in Dinge, von denen sie wenig oder nichts verstanden.

Als der Sprecher jedoch zu lesen begann, lauschten alle erwartungsvoll. Später wurde es unruhig, danach laut und schließlich turbulent. Der Bischof hatte in ein Wespennest gestochen.

„Verehrte Abgeordnete, hochgeschätzte und vom Volk erwählte Delegierte unserer Lebensgemeinschaft", so begrüßte der höchste Repräsentant der Kirche die Männer und Frauen des Inselparlaments, und schon der erste, eherne Satz ließ ahnen, worum es ging. „Brennende Sorge und Angst um das Wohl unserer Menschen", so erklang das Wort des Theologen, „veranlassen mich, Ihnen diesen Brief zu schreiben."

Was folgte, war eine gnadenlose Analyse dessen, was nach des Bischofs Meinung auf der Insel Schlimmes geschehe, eine Auflistung all der verwerflichen und gotteslästerlichen Vorgänge, die sich an den Stränden und in den Enklaven des Tourismus seit längerer Zeit schon ereigneten. Sie seien schlimm und unerträglich, so des Bischofs Botschaft, sie degradierten den Menschen zum Vieh und machten ihn zum willenlosen Sklaven Luzifers. Wenn man nun sage, solche Dinge täten doch nur die Fremden, das ginge die Insel doch nichts an, so irre man sich. Zum einen seien auch diese Ausländer Kinder Gottes, und die Einheimischen seien verpflichtet, die Gesetze des Herrn immer und überall zu wahren und zu verteidigen. Außerdem sei zu befürchten, daß sich die Machenschaften des Bösen auch über jene Teile der Insel ausbreiteten, die bisher von solcher Unbill verschont geblieben seien. Wer wolle verantworten, daß außer denen, die vom höllischen Bazillus schon infiziert seien, nun weitere, im Augenblick noch Unschuldige dem Satan anheimfielen? Und der Satan sei überall, er zeige seine Fratze unverhüllt. Was sich am Strand und in gewissen Lokalitäten der Insel abspiele, sei ja ständig von jedermann zu besichtigen. Männer wie Frauen zeigten ungeniert in aller Öffentlichkeit, was bedeckt bleiben müsse, und abends und nachts münde diese Sucht sich zu entblößen in geradezu orgiastische Szenerien und ende entweder in lächerlichem Exhibitionismus oder in zügelloser Ausübung des Geschlechtsverkehrs, am Meer und in den Betten der Hotels. Der Alkohol, leider auch der Inselwein, spiele dabei eine unselige, unheilvolle Rolle, er sei zum Werkzeug des Teufels geworden. Gewiß verkenne er als Bischof und Hirte der Menschen nicht auch die Segnungen des Tourismus, und wie kaum ein anderer erinnere er sich an die Zeiten der Armut, als die Menschen in den Gemeinden darbten, als der Hunger drohte und viele auswandern mußten. Geld sei auf die Insel gekommen durch die Fremden, das sei nicht zu leugnen, und allen ginge es jetzt besser. Aber leider nur materiell! Gewiß verschließe er sich auch nicht den Neuerungen der Zeit, er wisse sehr wohl, daß alles freizügiger geworden sei, daß vor allem die jungen Menschen nicht viel dabei fänden, den körperlichen Versuchungen nachzugeben und sich schon vor der Ehe sexuell zu vereinigen. Das sei zwar alles andere als wünschenswert, aber man müsse verzeihen, und Gottes Gnade sei unendlich. Trotzdem sei das, was in diesem Sommer zu beobachten sei, nicht mehr zu tolerieren, und daß viele Einheimische daran noch Geld verdienten, das stimme ihn sehr, sehr traurig. Der Gipfel allen Unrats aber sei ihm erst vor einigen Tagen zugetragen worden. Er bitte darum, diese unfaßbare Sache, die er nur ihnen, den politisch verantwortlichen Vertretern der Insel, mitteile, äußerst vertraulich zu behandeln.

Ein Pfarrer aus der Region Callio, so las der Sprecher weiter, und seine Stimme stockte dabei, habe in seiner Gemeinde kürzlich Unerhörtes wahrnehmen müssen. Den Damen und Herren des Inselparlaments sei ja sicherlich bekannt, daß sich in einigen Villen von Residenzern Pornoproduzenten etabliert hätten, die dort in entsprechend hergerichteten Räumlichkeiten Filme und Videos der absonderlichsten Art drehten. Bei stets strahlender Sonne fabrizierten sie ihre Machwerke auch draußen, auf ihren Grundstücken, an ihren Swimmingpools. Umlängst habe ein Meßdiener von einem Baum aus solch schamlosem Treiben zugeschaut, als er ein Vogelnest habe ausnehmen wollen. Was er gesehen habe, so berichtete der Küster, dem der Junge sich anvertraut habe, sei ebenso schrecklich wie verwirrend gewesen. Zuerst habe er geglaubt, eine Art Privatzoo entdeckt zu haben, in dem nackte Lebewesen in ständig wechselnden Positionen affenartig kopulierten. Nach einiger Zeit sei der Junge entsetzt und belustigt zugleich aus dem Baum geflohen. Er habe den Anblick der Pornodarsteller, die gekünstelten, spitzen Schreie der Frauen und das Gestöhne der Männer nicht mehr ertragen können, und das sei doch entlarvend genug. Als erster Seelsorger und als Bischof der Insel weise er hier auf das Bibelwort hin, daß dem, der die Jugend verderbe, besser sei, es würde ihm ein Mühlstein um den Hals gelegt und er würde in die Tiefe des Meeres versenkt werden...

Diese Scheußlichkeiten jedoch, fuhr der Kirchenfürst fort, seien hinreichend bekannt und leider nichts Neues auf der Insel. Aber das, was ihm der Pfarrer aus Callio vor wenigen Tagen geschrieben habe, das sei so bodenlos, so unvorstellbar, daß er sofortige und durchgreifende Maßnahmen verlange.

Die Abgeordneten beugten sich vor.

„Meine Damen und Herren", so der Bischof, „für das, was ich Ihnen jetzt mitteile, gibt es zwei Zeugen. Einmal einen Schafzüchter namens Juan Lopez aus dem Distrikt Callio, von dem der Pfarrer der dortigen Gemeinde Unglaubliches erfahren hat, und zum zweiten die Küchenhilfe Maria Sanchez, die demselben Geistlichen nach einer Beichte schamrot geschildert hat, was sie nicht länger verschweigen konnte. Wenn ich Sie jetzt informiere, breche ich also in keiner Weise das Geheimnis dieses heiligen Sakraments."

Die Spannung wuchs. Der Sprecher hob die Stimme.

„Verehrte Delegierte und Verantwortliche, Sie werden es kaum für möglich halten, aber es handelt sich um etwas ganz und gar Fürchterliches, um etwas, das viele unserer Inselbewohner gar nicht kennen und wovon sie in ihrem ganzen Leben nie etwas gehört haben, nämlich um - Sodomie!"

Die Zuhörer lehnten sich mehr oder weniger entsetzt zurück.

„Ich will es kurz machen. Der Gemeindepfarrer aus Callio besuchte in diesen Tagen den Schäfer Juan Lopez, einen bedauernswerten Mann, dem vor einiger Zeit die Frau verstorben ist und dem zu allem Unglück auch noch einige seiner Schafe und Lämmer eingegangen sind."

Einige Damen von der Grünen Fraktion murmelten empört, der Bischof verknüpfe in archaischer und machohafter Manier den Tod einer Frau mit dem von Tieren, das sei ja wohl ungehörig und im Zeitalter der Emanzipation fast provozierend.

„Dem Mann ging es schlecht", las der Sprecher unbeirrt weiter, „er benötigte seelischen Beistand. Als er im Gespräch mit seinem Pfarrer ein wenig auftaute, erzählte er, er habe vor kurzem wenigstens einmal Glück gehabt, als er einem Extranjero zwei Schafe zu einem sehr günstigen, ja geradezu fürstlichen Preis habe verkaufen können. Weibliche Tiere sollten es sein, so habe der Käufer es verlangt, und zwar schöne, gepflegte, weiße und peinlich sauber gewaschene Exemplare. Da sei er noch nicht mißtrauisch geworden. Als aber die Tiere mit einem schicken Landrover abgeholt worden seien, habe er sein Motorrad genommen und sei hinterher gefahren. In der Nähe des Ziels, einer Villa, habe er sich versteckt und beobachtet, wie die Schafe überaus sorgfältig von sehr eleganten Herren ausgeladen und in das Haus gebracht worden seien, von Männern, die nicht danach ausgesehen hätten, als ob sie auch nur im geringsten etwas mit Viehzucht zu tun hätten, sondern eher mit, na ja, eben mit...

Da habe ihm gedämmert, weshalb er so viel Geld bekommen habe und wofür die Tiere wohl gebraucht werden könnten. Er habe sich furchtbar geschämt und wäre am liebsten in das Haus gerannt, um die Tiere herauszuholen. Aber die Villa sei völlig unzugänglich gewesen, hohe Mauern, Stahltor, dazu bewacht von scharfen Hunden. Da sei er nach Hause gefahren und habe sich wieder geschämt, vor seiner Tochter vor allem.

Der Gemeindepfarrer war entsetzt, als er es hörte. Er hatte diese Villa längst im Visier und wußte, daß dort Sexfilme gedreht wurden. Aber so etwas? Gewißheit kam, als wenige Tage später besagte Maria Sanchez ihm als Beichtvater die grauenhaftesten Dinge gestand. Meine Damen und Herren, die Feder sträubt sich mir, aber ich muß Ihnen die Blasphemie schildern. Maria arbeitet in der Küche dieser Villa. Sie wird gut entlohnt, doch wofür? Fast täglich bekommt sie das pornographische Allotria mit, schlimm genug. Aber kürzlich sei geschehen, was sie, obwohl bestimmt nicht von gestern und mit den Praktiken der menschlichen Fortpflanzung durchaus vertraut, nicht gewußt und nicht für möglich gehalten hätte. Die Pornodarsteller nämlich - sehr nette und großzügige Herren übrigens, wie Maria dem Pfarrer sagte - hätten sich vor einigen Tagen in widerlicher Weise über zwei von einem Bauern erworbene Schafe hergemacht und sie geilen Böcken gleich begattet - ich benutze diesen eigentlich unpassenden Ausdruck, da ich als Bischof nicht drastischer formulieren darf. Obendrein hätte eine der teuflisch schönen Darstellerinnen sich entkleidet und sich nach abstoßendem Liebesspiel der riesigen, gefleckten Dogge des Hausherrn auf perverseste Art hingegeben. Das Ganze stundenlang, um nur ja recht gute Bilder einzufangen. Abscheulich, abscheulich!"

Es war ganz still im Saal. Die meisten Delegierten sahen sich irritiert und entgeistert an.

„So lange ich auf der Insel als oberster Hirte im Amt bin, verehrte Abgeordnete", las der Sprecher nach einiger Zeit weiter, „hat es so etwas nicht gegeben. Ich weiß, daß Sie, von denen ich einige seit ihrer Kindheit kenne und denen ich die Erste Heilige Kommunion gespendet habe, über diese ganz und gar verdammenswerten Vorfälle denken wie ich. Ich bitte Sie deshalb dringend, ja, ich fordere Sie geradezu auf, diesem obszönen, abartigen Spuk sofort ein Ende zu setzen. Denken Sie an den Zorn unseres Herrn, als er Sodom und Gomorra vernichtete! Soll es unserer Insel so ergehen?

Ich nehme an, daß die Gesetze unseres Gemeinwesens ausreichen, um augenblicklich einzuschreiten. Ich wäre dankbar, wenn Sie mich benachrichtigen würden, wann und wie Sie es zu tun gedenken, wobei ich sicher bin, daß Sie in meinem Sinne handeln werden. Ich wünsche Ihnen für Ihre Maßnahmen ein gutes, christliches Gelingen und erteile Ihnen zum Schluß den Segen des Herrn. Gezeichnet Seine Eminenz Monsignore D., Bischof der Insel."

Der Brief war beendet, und der Sprecher ließ sich ein wenig erschöpft auf seinem Stuhl nieder. Die meisten saßen stumm und verstört da, wie nach einer Strafpredigt, andere blickten um sich und schüttelten den Kopf. Nach längerem Schweigen bat der Vorsitzende dann um Wortmeldungen. Zunächst reagierte niemand. Schließlich aber erhob sich ein langhaariger, etwas ungepflegt aussehender Abgeordneter namens Carlos Armendez, ein vielleicht vierzigjähriger, hoch gewachsener Mann mit scharfen Gesichtszügen. Von Beruf Schriftsteller und Philosoph, galt er unter den Parlamentariern als Freidenker, als Querulant und Querkopf, als ein Paradiesvogel, der für die Unabhängigen ins Inselparlament gewählt worden war. Den meisten war er unsympathisch, manche jedoch mochten ihn, weil er mutig war und sich das Wort so leicht nicht verbieten ließ. Vor allem nicht, wenn die konservativen Abgeordneten immer wieder konträre Redebeiträge zu ersticken suchten.

„Werte Kolleginnen und Kollegen", so begann der Schriftsteller, „ich stelle fest, daß der bischöfliche Brief Sie außerordentlich beeindruckt und bewegt hat. Dennoch hoffe ich, daß Sie mir verzeihen, wenn ich Kritik zu äußern wage."

Alle drehten sich um, dann sahen sie sich an, und viele nickten halb nachsichtig, halb erzürnt, als hätten sie so etwas schon erwartet. Wer anders würde so ironisch daherreden, wenn nicht der Armendez? Aber heute, bei diesem Brief? Bei diesem Skandal?

„Zunächst einmal, liebe Freunde," fuhr der Philosoph fort, und einige zuckten zusammen, „möchte ich auf das eingehen, was unser geschätzter Seelenhirte am Anfang seiner Ausführungen moniert hat. Verehrte Abgeordnete, in welcher Zeit leben wir eigentlich? Sollen wir zurück ins Mittelalter, als nur dem Adel und der hohen Geistlichkeit vorbehalten war, was heute vielen gefällt, nämlich Spaß und Sex, Freude an schönem Weib und Wohlbefinden bei feiner Speis' und edlem Trunk? Ist das alles abstoßend, nur weil es jetzt die Massen treiben? Früher waren die einfachen Menschen nach Schwerstarbeit

und Fron - für die weltlichen und geistlichen Herren, wohlgemerkt - derart abgeschuftet, kaputt und kraftlos, daß sie in ihren engen Kammern zu nichts anderem fähig waren als zu essen und zu schlafen. Ein Wunder für mich, daß da überhaupt noch Kinder gezeugt wurden. Nun ja, ab und zu gab es ja Feiertage, kirchliche vor allem, da mochte es geschehen sein. Wollen wir jetzt verdammen, was den Fortbestand der Menschheit sichert? Wollen wir verbieten, was jegliches erwachsene Leben dazu drängt, sich mehr oder weniger liebevoll zu vereinen? Daß die Lust am geschlechtlichen Geplänkel auf unserer Insel besonders augenfällig wird, ist klar. Hier haben die jungen Menschen Zeit, hier begegnen sie sich in freier Atmosphäre, hier toben sie sich aus, nachdem sie in ihrer Heimat schwer genug arbeiten mußten. Sie sind aber nicht überall auf der Insel, sondern in begrenzten Revieren, in Ghettos sozusagen, und nur dort spielt sich alles ab, auch manches Unerfreuliche, fraglos. Das meiste aber bleibt unbemerkt, und ich sehe keine Gefahr für unsere Jugend. Und vor allem verdienen wir daran, und zwar nicht wenig, wie auch der Bischof anmerkte. Eine ganze Reihe von denen, die mächtig profitieren, sitzen hier im Saal, nicht wahr? Machen wir uns nichts vor, seien wir ehrlich!"
Armendez wurde massiv unterbrochen. Von allen Seiten her hagelte es Proteste, lautstark begehrten vor allem die Konservativen auf, die sich am meisten getroffen fühlten. Der Redner ließ sich aber nur kurz stören, dann sprach er weiter, und man hinderte ihn nicht, denn es lag etwas in der Luft.
„Was die Pornofilmer betrifft", ließ er sich jetzt vernehmen, „so drehen sie völlig im Verborgenen, niemand kann es wahrnehmen. Und wenn ein neugieriger Meßdiener auf einen Baum klettert und dabei zuschaut - ich möchte bezweifeln, daß er ein Vogelnest ausrauben wollte, vielmehr hatte er es wohl auf jenes Liebesnest abgesehen - so ist das kein Beinbruch. Der Junge wird sich höchstens den Nacken und die Augen verdreht haben wegen all der Dinge, die er auf Vaters Bildschirm noch nicht angucken darf."
Neue Proteste, einige Lacher, dann ging es weiter.
„Und nun zu dem, was den Bischof am heftigsten schockierte, zu den sodomitischen Vorfällen in der Nähe von Callio. Einmal gilt auch hier, daß die Dinge im geheimen bleiben und daß solche Filme nie auf unserer Insel gezeigt werden dürfen. Das finde ich richtig, denn auch ich bin der Meinung, daß es Grenzen geben muß. Außerdem sollte man sich fragen, ob da nicht eher der Tierschutz gefordert ist..."

Einige Abgeordnete sprangen auf und drohten dem Redner.

„Aber lassen Sie mich anmerken", fuhr der fort, „daß die Sache selbst uralt ist, sie ist ja schon in der Bibel beschrieben. Und auch aus späterer Zeit finden sich etliche Belege für solch unappetitliches Tun, so etwa in einem Brief an den preußischen König Friedrich den Zweiten, in dem diesem mitgeteilt wurde, ein Stallbursche seiner Kavallerie habe sich an einer Stute vergangen. Der König soll sich weniger echauffiert als amüsiert haben, besonders, als er den Zusatz des empörten Majors las, der da geschrieben hatte ‚...und dazu noch an Amalia, der häßlichsten Stute im ganzen Regiment!' Es ist überliefert, daß er den Stallburschen dann auch nicht weiter bestrafte, sondern zur Infanterie versetzen ließ. Meine Damen und Herren, ich denke, wir sollten handeln wie der kluge Preuße. Wir sollten kein großes Theater machen, sondern den Produzenten jener Filme auffordern, so etwas nicht mehr auf unserer Insel zu drehen. Er wird diesem Ansinnen entsprechen, da bin ich sicher, einmal, weil er sich ertappt fühlt und zum anderen, weil er die Konsequenz fürchtet, andernfalls vielleicht die Insel verlassen zu müssen. Ich glaube, daß wir damit auch dem Wunsch des Bischofs entsprechen."

Der Philosoph und Schriftsteller setzte sich. Im Saal wurde es sehr unruhig, denn wütend meldeten sich mehrere Delegierte zu Wort, die dem Freidenker zu widersprechen wünschten. Wie nur könne man so leichtfertig und verantwortungslos daherreden! Die Jungen und Mädchen der Insel seien nicht gefährdet? Stundenlang könne man aufzählen, was sie alles mitbekämen, wenn sie ihre Augen nicht ständig zuhielten, und das könne man ja wohl kaum verlangen. Sollte man sie Tag und Nacht einsperren? Der Armendez habe ja keine Kinder, und nur deshalb schwätze er so dumm daher!

„Was dieser Homosexuelle da", übertönte ein Erzkonservativer alle anderen, „über die Schweinefilmer und über die Sodomie gesagt hat, das ist ja wohl das letzte. Das klingt nach Spaß und harmlosem Pläsier, das entschuldigt ja fast alles! Demnächst findet so etwas auf irgendeiner Bühne oder an unseren Stränden statt, nicht wahr? Vielleicht wird es noch Pflicht, oder?"

Tumulte, Aufschreie, Drohungen, Fäusteschütteln. Der Vorsitzende schwang die Glocke, aber es dauerte lange, bis man sich beruhigt hatte. Nach reichlich aggressivem Hin und Her, wobei der Schriftsteller noch einwarf, daß zuviel Sex in den Medien und in den Köpfen der Menschen doch nur den Herrschenden diene und ihnen durchaus willkommen sei, da er von drängenden Problemen ablenke und zu revolutionärer Aktion unfähig mache - eine Anmerkung, die in der allgemeinen Hektik unterging - baten schließlich einige Frauen unter den Anwesenden darum, sich zu mäßigen. So kraß habe es der Armendez doch gar nicht gemeint, gaben sie zu verstehen. Zwar bedauerten auch sie, daß die Würde der Frau am Strand und in gewissen Etablissements vielfach verletzt werde - hier nickten besonders die grünen Emanzipierten - aber in manchem stimmten sie dem Freigeist doch zu, und es ließe sich doch leicht ein Kompromiß zwischen den nervösen Lagern basteln. So geschah es dann auch. Man einigte sich auf ein Papier, mit dem alle zufrieden sein konnten, eine Entschließung, daß die örtlichen Polizeibehörden einige dubiose Villen überprüfen und, falls nötig, unter Androhung weiterer Maßnahmen bestimmte, in einem beigefügten Text genauer definierte sexuelle Abartigkeiten verbieten sollten. Die Abgeordneten stimmten diesem Beschluß mit großer Mehrheit zu, und damit war der zweite Teil der Tagesordnung erledigt. Jetzt nur noch der Punkt „Verschiedenes".

Der Vorsitzende nahm das Wort und listete unterschiedliche Anträge und Anliegen auf, die der Billigung des Parlaments bedurften. Es handelte sich um Dinge wie die neu festzusetzenden Strompreise, um Baugenehmigungen für Einheimische und Fremde und um die Ausbesserung von Schul-, Rathaus- und Kirchendächern. Es ging darum, wie man die Verkehrsschilder effektiver gestalten könnte, und es war zu entscheiden, ob eine weitere Marina, ein Yachthafen also, in der Nähe der Hauptstadt zu planen sei. Und Stellen mußten neu besetzt werden, da einige Beamte bald pensioniert würden, vor allem der Leiter der obersten Polizeibehörde Über die meisten Anträge wurde im Pack abgestimmt, sie waren unproblematisch, sie waren vorher schon in der konservativen Fraktion abgesprochen und damit mehrheitsfähig gemacht worden. Die Personaldebatte wurde vertagt, da mußte noch abgewartet und möglicherweise gekungelt werden, da war noch zuviel offen.

Die Sitzung neigte sich dem Ende zu, und die ersten Abgeordneten standen schon auf, um zu gehen, da bat der Vorsitzende ein letztes Mal um Aufmerksamkeit. Vielleicht hätten manche der Delegierten den Saal trotzdem verlassen, wenn sie nicht die Miene des Mannes auf dem Podest gesehen hätten. Die war nämlich derart bedenklich, ja sorgenvoll, daß alle blieben und wie gebannt auf ihren Plätzen verharrten.

Der Vorsitzende sprach unsicher, mit belegter Stimme, als er den Mitgliedern des Parlaments eröffnete, was manche schon gehört, bisher aber nicht geglaubt hatten.

„Liebe Kollegen", sagte er, „ich muß Sie in Kenntnis setzen von einer Sache, die mir erst vor wenigen Tagen auf den Tisch gekommen ist. Ich weiß selbst nicht, was ich davon halten soll, aber vielleicht ist es etwas von großer, ja einschneidender Bedeutung. Vielleicht aber auch nicht, und das wäre weiß Gott besser."

Trotz der späten Stunde wurde es völlig ruhig im Saal. Es knisterte.

„Ich will nicht lange darum herum reden, liebe Freunde, ich muß Sie aber so eindringlich wie nie zuvor bitten, über das, was Sie jetzt hören werden, zu schweigen. Unsere geliebte Insel wäre sonst in Gefahr!"

Der Appell schien zum wirken, denn viele der Volksvertreter kniffen schon die Lippen zu, ohne noch das Geringste vernommen zu haben.

„Wir sprachen vorhin über die Region Callio, und ob es nun Zufall ist oder nicht, aus diesem Distrikt jedenfalls ist mir eine Sache gemeldet worden, die mir zwar unglaubhaft erscheint, die aber wissenschaftlich erwiesen sein soll. Meine Damen und Herren, wenn es wahr ist, wenn es wirklich stimmt, was mir vom Umweltministerium unseres Landes in einem amtlichen Schreiben mitgeteilt wurde, gehen wir schweren Zeiten entgegen. Aber noch ist nichts endgültig, noch müssen weitere Untersuchungen erfolgen, ehe feststeht, daß" - der Vorsitzende, in zahllosen parlamentarischen Schlachten ergraut und gealtert in steter Sorge um das Wohl der Insel, sprach leise und sehr langsam - „daß der Nordwesten unserer Insel ...radioaktiv ...belastet ...sein soll."

Die Nachricht schlug ein wie eine Bombe.

Alle saßen wie angewurzelt da, dann sprangen viele auf, schüttelten den Kopf, andere sahen nachdenklich aus den hohen Fenstern oder gingen erregt auf und ab. Bei den Grünen war es fast chaotisch.

„Warum hören wir erst jetzt von dieser Katastrophe, obwohl die Gerüchte schon länger kochen?" riefen sie zum Podium hinauf.

„Es ist nicht wahr!" schrie einer der Konservativen. „Woher sollte diese Radioaktivität denn kommen? Sie müßte doch eine Ursache haben!"

Der Vorsitzende zuckte die Schultern.

„Das weiß kein Mensch, das konnte mir niemand sagen, als ich im Ministerium anrief. Auch die Physiker und Chemiker nicht, die die Messungen im Auftrag der Staatsregierung durchführten, ohne uns auf der Insel vorher informiert zu haben. Gerade deshalb, liebe Kollegen, ist ja alles auch noch ungewiß, deshalb wird weiter geforscht, und deshalb können wir noch hoffen. Verfallen Sie nicht in Panik, bewahren Sie Ruhe und Gelassenheit, darum bitte ich vor allem die Kolleginnen und Kollegen von der Grünen Fraktion. Ein zweites Mal jedoch, bevor wir auseinander gehen, fordere ich Sie auf, nichts von dem zu verlauten zu lassen, was ich Ihnen gesagt habe. Ich erinnere Sie an Ihre Schweigepflicht, vor allem, wenn es um geheime Sachverhalte geht, und zu einem solchen erkläre ich diesen Vorgang hiermit. Sie wissen, daß Sie, wenn Sie diese Vereinbarung brechen, für immer aus dem Inselparlament ausgeschlossen werden, und was das für die meisten von Ihnen bedeuten würde, brauche ich nicht zu erläutern. Ich werde sehr bald eine Sondersitzung zu dieser Frage einberufen, und ich hoffe, Ihnen dann verkünden zu dürfen, daß an der Sache nichts dran ist, daß alles nur ein Irrtum war, eine Fehlmessung, eine vorbeiziehende Luftströmung vielleicht, die einen Geigerzähler ausschlagen ließ. Sie wissen, daß ich Optimist bin, und Sie sollten es auch sein, zum Besten der Insel. Lassen Sie uns jetzt unsere Hymne anstimmen!" Der Vorsitzende erhob sich und begann zu singen, und die meisten fielen ein. Die Grünen allerdings blieben stumm, und sie beschlossen, sich noch an diesem Abend zusammenzusetzen und über die unerhörte Verlautbarung zu diskutieren.

Der Herr der Imbißketten tobte. Eine Unverschämtheit sei es, schrie er, eine Sauerei ersten Grades, und die Polizei schlafe den Schlaf der Gerechten, wie immer, wenn etwas passiere. Sofort müsse sie kommen, sofort anrufen, brüllte er. Seit seine Frau vor einigen Jahren verstorben war, lebte der Metzger allein mit wenigen Bediensteten in seinem großen Haus, und so mußte sich jetzt der Butler anhören, was den Frikadellenkönig über jedes Maß erregte.
Unsägliches war geschehen. Der Gärtner hatte es zuerst entdeckt, als alle anderen noch schliefen und er wie immer in der Frühe das Grundstück umrundete. Er war um die hohe, weiß getünchte Mauer gegangen, die den Besitz des Fabrikanten einfriedete, und sogleich hatte er es bemerkt. Es war auch kaum zu übersehen, und schnell war er ins Haus gerannt, um den Herrn zu wecken. Kauner war ohne zu zögern hinausgestürzt und stand nun im Pyjama vor einem Schandwerk ohnegleichen. Riesige, rote und schwarze Buchstaben waren auf seine makellose Mauer gesprüht worden, und mehr als deutlich prangten erschreckende Wörter auf dem hellen Untergrund.

„MÖRDER! MÖRDER! MÖRDER!" - so las der bestürzte Hausherr, und er wurde immer wütender, während der inzwischen herbeigeeilte Butler nichts Besseres zu sagen wußte, als daß diese Schrift wohl noch aus einem Kilometer Entfernung zu erkennen sei. Und um eine Ecke herum, auf die der Gärtner zeigte, stand etwas kleiner, aber ebenso klar: „WARUM MUSSTE DR. ROBLES STERBEN? WARUM?"

Herbert Kauner war nicht zu beruhigen.

„Wer war das? Welches Schwein hat das gemacht?" schrie er, und dann „Weg damit, sofort wegwischen! Weg mit dieser Scheiße!" Dann „Nein, nein, stopp, natürlich nicht! Die Polizei muß kommen, die Leute müssen das sehen, sonst behaupten die noch, da sei ja nichts, und ich litte an Halluzinationen!"

Er hastete zurück ins Haus, den Butler im Schlepptau, und der nickte unentwegt zu den Tiraden seines Herrn. Er wiederholte echoartig, was der Chef verwünschte und verfluchte, er bestätigte eifrigst, daß man etwas tun müsse und daß es so nicht weitergehe.

Die Polizei traf ungefähr eine Stunde später ein. Es waren zwei Gendarmen vom örtlichen Revier, und auch sie mußten sich anhören, was Kauner zu dröhnen und zu klagen hatte. Die Beamten ließen sich aber nicht einschüchtern. Sie stellten die üblichen Fragen an die Hausbewohner, zu denen noch der Chauffeur zählte, ein ungewöhnlich großer, kräftiger Mann, der ebenfalls in den Salon gebeten wurde. Keiner jedoch hatte während der Nacht etwas Verdächtiges bemerkt. Zuletzt sprachen die Polizisten mit dem Hausherrn allein. Der hatte sich inzwischen ein wenig gefangen, geriet aber wieder in Rage, als einer der Uniformierten ebenso arglos wie beiläufig meinte, ob er vielleicht Feinde habe?

„Feinde, Feinde?" schrie der Metzger, „So viele Sie wollen, meine Herren! Neider, Konkurrenten, Erpresser, alles kann ich bieten! Den ganzen Salon hier könnte ich füllen, wenn Sie wollen! Aber sie verkriechen sich, sie sind feige, sie fürchten sich vor mir! Würden sie sonst tief in der Nacht kommen und heimlich solche Schweinereien machen?"

Die beiden Beamten, die nur ihr dörfliches Einerlei gewohnt waren, zuckten mit den Schultern. Das machte den Fleischfabrikanten erneut wütend.

„Ich werde mich ab jetzt selbst wehren", stieß er hervor. „Auf die Polizei kann man sich nicht mehr verlassen. Vor einiger Zeit waren ja schon zwei Leute aus der Hauptstadt bei mir, eben wegen der Sache

Robles, und nichts ist geschehen, nichts ist unternommen worden! Ich habe es satt, meine Herren! Ich werde jetzt selbst aktiv, und da werden sich einige wundern! Geld habe ich genug, und für Geld kann man ja alles haben, nicht wahr? Mehr sage ich nicht. Ich werde mich hüten, sonst ende ich noch sonstwo!"

Er sah die Polizisten triumphierend an. Die konnten mit dem zornigen Mann wenig anfangen, und so taten sie, was ihnen in ihren psychologischen Lehrgängen beigebracht worden war, sie ließen ihn sich austoben, sie warteten, bis er ruhiger werden würde. Das geschah schneller, als sie gedacht hatten. Kauner wurde plötzlich ganz friedlich, ja freundlich. Bereitwillig beantwortete er noch einige Fragen, dann folgte er den beiden Männern an die Mauer, wo sie die Buchstaben ausmaßen und ihr Protokoll abschlossen. Sie sagten, daß er von ihnen hören werde, und Kauner lächelte. Zum Abschied gab er ihnen die Hand. Als sie weg waren, befahl er seine Leute zu sich. Er überzeugte sich, daß man die Schrift nicht einfach abwaschen konnte und trug dem Butler auf, augenblicklich den Maler aus dem Dorf zu bestellen, der schon öfter für ihn gearbeitet hatte. Er sollte an diesem Vormittag noch damit beginnen, die gesamte Mauer neu zu streichen. Danach ging er ins Haus zurück. Er wollte erst einmal frühstücken.

Das Treffen fand am Montagmorgen statt und war überaus geheim. Es lief auf höchster Ebene ab, und vor den Türen des Konferenzraums im Regierungspalast waren Gendarmen postiert. Nur drei Herren waren anwesend, dazu eine Protokollantin. Der Präsident der Inselrepublik, der Vorsitzende des Parlaments und der Chef der Inselpolizei saßen sich an einem langen Tisch gegenüber, und es war ernst genug, was sie zusammenführte. Die eilig anberaumte Besprechung dauerte aber gar nicht lange, obwohl das Thema von größter Bedeutung und mehr als heikel war.

„Meine Herren", begann der Präsident, „ich mache es kurz. Sie wissen, worum es geht, Sie sind informiert."

Die Herren nickten.

„Gleich in medias res. Meine Herren, die Nachrichten aus der Region Callio, die uns so sehr beunruhigen, werden immer konkreter. Was wir befürchteten, verdichtet sich, und es scheint zu stimmen, was das Umweltministerium festgestellt haben will. Und nun das Neueste, das Schlimmste, meine Herren - es ist mir ein neuer Todesfall gemeldet worden, ein zweiter Todesfall, der möglicherweise im Zusammenhang mit unserem Problem steht!"

Die Herren schauten sich entsetzt an.

„Noch allerdings fehlt der letzte Beweis, die allerletzte Gewißheit, weil niemand weiß, was die Ursache dessen ist, was uns kaum noch schlafen läßt."

Der Präsident hatte es bisher vermieden, das fürchterliche Wort zu benutzen.

Dann sagte er ganz leise:

„Und das ist unsere Chance!"

Die Herren schauten verständnislos.

„Was glauben Sie denn, was geschieht, wenn diese schreckliche Sache publik wird, wenn die Menschen hier und in aller Welt erfahren, daß ein Teil unserer Insel" - dem Präsidenten stiegen Tränen in die Augen - „daß der Nordwesten unserer geliebten Insel...radioaktiv...verseucht ist?"

Langes Schweigen.

„Wir sind nicht dumm, wir ahnen es. Es wäre das Ende für die ganze Insel, es wäre das totale Aus!"

Die Herren bestätigten es.

„Und deshalb, meine Herren, werden wir etwas unternehmen. Wir werden nicht tatenlos zusehen. Das Ministerium forscht und sucht fieberhaft, zu Lande und zu Wasser. Es werden sogar amerikanische Stellen eingeschaltet, denn nichts ist auszuschließen."

Die Herren wußten nicht, worauf der Präsident abzielte, wagten jedoch nicht zu fragen.

„Ich habe lediglich Sie beide zu diesem Gespräch gebeten, weil sich nur im kleinsten Kreise regeln läßt, was jetzt durchzuführen ist. Es kann und darf nicht durch zu viele Mitwisser gefährdet werden. Die Demokratie muß, so leid es mir tut, vorübergehend außer Kraft gesetzt werden, sonst geht alles schief, sonst sind wir verloren. Zuerst appelliere ich an Sie, Herr Vorsitzender. Von Ihnen erwarte ich, daß Sie dafür sorgen, daß das Parlament vorläufig nichts mehr erfährt."

„Einige wissen ohnehin schon zuviel, besonders die Grünen, die schnüffeln schon", murmelte der Angesprochene.

„Genau das muß verhindert werden!" Der Präsident schrie es fast. „Tun Sie alles, was Sie können! Verschieben Sie die Sitzungen, auch die der Ausschüsse, unterbinden Sie den Informationsfluß, stoppen Sie jegliche Post, besonders aus der Region Callio! Veranlassen Sie, daß die Abgeordneten in der Hauptstadt oder in ihren Provinzen bleiben und auf keinen Fall in den Nordwesten kommen!"

Der Vorsitzende überlegte, dann sagte er, daß er es arrangieren werde.

„Und nun zu Ihnen, Gintero!"

Der Präsident wandte sich dem höchsten Polizisten der Insel zu, einem älteren Mann mit kahlem Schädel, vorspringendem Kinn und kleinen, funkelnden Augen.

„Vor allem Sie, mein Bester, sind gefordert, denn in erster Linie wird die Polizei eingesetzt, um der Lage Herr zu werden. Dabei trage ich Ihnen eindringlich auf, alles zu tun, daß die ganze Angelegenheit im Dunkeln bleibt, daß die Öffentlichkeit nichts mitbekommt, vor allem die Presse nicht. Zuständig dafür ist natürlich die Kriminal- und die Geheimpolizei. Aber scheuen Sie sich nicht, notfalls auch private Dienste - Sie wissen, was ich meine - zu verpflichten. Was Sie im einzelnen planen und machen, wie Sie alles erledigen, überlasse ich Ihnen. Geld spielt keine Rolle, Sie haben freie Hand. Ich bitte Sie aber, mich ständig zu unterrichten."

Gintero sah den Präsidenten an und nickte. Er schien zu allem entschlossen zu sein.

„Meine Herren", der Präsident sprach leise wie vorhin, „ich deutete eben an, daß sich auch die Amerikaner an der Suche beteiligen. Nicht ohne Grund. Vielleicht erinnern Sie sich an einen makabren Vorfall aus der Vergangenheit, besonders Sie, Herr Vorsitzender, der Sie der Älteste von uns sind. Ende der fünfziger Jahre war es" - der Präsident wurde noch leiser - „da verloren amerikanische Kampfflugzeuge bei einem Manöver an der Küste des Festlands einige Bomben. Wasserstoffbomben, meine Herren..."

Der Präsident machte eine Pause. Der Vorsitzende schaute nachdenklich, er schien sich zu erinnern, und Gintero beugte sich gespannt vor.

„Die Küstenregion wurde damals abgesperrt - es ging, weil alles noch unerschlossen war und der Tourismus noch nicht boomte. Mit größtem Einsatz suchten die Amerikaner, sie fanden auch einige der Bomben wieder, aber vielleicht nicht alle, besonders nicht, weil zwei oder drei ins Meer fielen. Zwar wurde gemeldet, alle seien entdeckt und geborgen worden, aber wer kann sagen, wie viele es wirklich waren? Außerdem informierten nur die Amerikaner. Die Bevölkerung blieb damals so gut wie im ungewissen, sie wurde vorübergehend evakuiert, wußte aber nicht genau, warum. Das Obst und Gemüse aus der betroffenen Region wurde vernichtet, die Bauern wurden entschädigt. Niemand regte sich groß auf, es gab keine Panik und keinen Aufstand. Ein Lehrbeispiel, meine Herren, wie man etwas unter der Decke halten kann, was eigentlich eine Katastrophe war. Freilich wurde in den Zeitungen über die Sache berichtet, aber nicht lange, dann war sie vergessen. Wer redet heute noch davon? Wer weiß es überhaupt noch? Zurück in die Gegenwart, meine Herren. Weil auch der absurdesten Möglichkeit nachgegangen werden muß, schließen einige Wissenschaftler nicht aus" - der Präsident flüsterte, weil die Protokollantin nichts hören sollte - „daß eine dieser Bomben, die damals im Meer verschwanden, durch tiefgründige Strömungen weggetrieben und auf verrückte Weise nach so vielen Jahren in die Nähe unserer Insel gespült worden ist, und zwar, logischerweise, an den Nordwesten unseres Eilands. Und weil der Titanmantel dieser Bombe inzwischen zerfressen sein mag, wird womöglich frei, was uns, die ganze Bevölkerung und auch die Touristen bedroht! Aber auch das ist nur Theorie, ein Gedankenspiel, eine von vielen Eventualitäten. Es wird, wie gesagt, fieberhaft geforscht, und vielen Verdachtsmomenten wird nachgespürt. Ich sprach vorhin von unserer großen Chance. Sie liegt ja gerade darin, daß diese Gefahr sich nicht direkt bemerkbar macht, daß sie unsichtbar, unhörbar und mit keinem menschlichen Sinn wahrnehmbar ist. Halten wir es mit den Amerikanern von damals, verheimlichen wir, was uns vernichten könnte, und zwar so lange, bis wir die Ursache ausgemacht und danach hoffentlich beseitigt haben. Wenn es überhaupt so ist, wie ich trotz allem hinzufügen darf."

Der Präsident lehnte sich zurück und nahm einen Schluck aus seinem Glas. Seine Gesprächspartner waren überrascht, besonders von der Bombentheorie. Gleichzeitig waren sie stolz, in diese äußerst interessante Konstellation eingeweiht worden zu sein.

„Achten Sie besonders auf die Grünen, meine Herren! Wenn es sein muß, auch mit..."

Der Präsident sprach nicht aus, was er meinen mochte.

„Natürlich werden wir die Sache selbst mit allen Mitteln bekämpfen, wenn sie sich als real erweisen sollte. Und daran wird, wie gesagt, die Polizei in großem Ausmaß beteiligt sein. Ich werde Sie morgen näher informieren, Gintero! Meine Herren, unsere Zusammenkunft ist beendet. Noch einmal fordere ich Sie auf, ganz und gar umzusetzen, was wir verabredet haben. Betrachten Sie das Ganze als einen militärischen Einsatz, als eine Art Krieg! Ich danke Ihnen."

Der Präsident erhob sich und entließ seine Besucher.

Am Dienstagmorgen stellte Kai Friedmann Silke und Jana den jungen, dunkelhaarigen Dolmetscher vor. Danach fuhren sie gegen neun vom Hotel aus mit einem Jeep los. Vielleicht ginge es über geschotterte Wege und schlecht ausgebaute Straßen, meinte Kai, deshalb habe er das robuste, aber etwas unbequeme Vehikel gemietet. Die Mädchen fanden es gut, es wurde dadurch ja noch abenteuerlicher. Sie hatten ihre Rucksäcke dabei. Pablo Crusis schaute die beiden, die hinten hockten, verstohlen durch den Rückspiegel an. Er wußte nicht, was er von ihnen halten sollte, und er war neugierig, was ablaufen würde. Kai saß am Steuer. Mit kurzen Handzeichen wies Pablo ihm den Weg, er kannte einige Abkürzungen, und Jana und Silke wunderten sich, wie schnell sie sich der Region Callio näherten. Die Mädchen sahen sich an. Sie waren voller Erwartung, aber auch ein wenig ängstlich. Auf was hatten sie sich da eingelassen? Nachdem sie sich zweimal ver- franzt hatten, fanden sie schließlich ihr Ziel, den Wiesenhang. Er leuchtete in der Vormittagssonne, aber keine Schafherde war zu sehen. Kai schlug eine Rast vor, und sie setzten sich unter die alte Eiche. Zum ersten Mal unterhielten sie sich mit dem Einheimischen, und den Mädchen gefiel der Junge, der erstaunlich sicher deutsch sprach. Silke fing an, auf ihn abzufahren, Jana merkte es, und sie stieß der Freundin in die Seite, als die sich ins Gras setzte, den Fremden anlächelte und ihre Beine dabei ein wenig zu auffällig spreizte.

Sie brachen auf, aber es dauerte mehr als eine Stunde, bis sie vor dem Haus des Schafzüchters standen. Es lag einsam am Ende einer holpri- gen Straße, nahe einem Hain voller alter Olivenbäume. Sie hatten sich mühsam durchfragen müssen. Es war früher Mittag, und aus dem Eingang des Hauses roch es nach Essen. Sie klopften, aber nichts rührte sich. Sie drückten die Tür auf und gingen hinein. Pablo sah im Halbdunkel, daß ein Mann am Herd stand und etwas kochte oder briet. Schnell war er bei ihm und redete auf ihn ein. Der Schäfer musterte die Eindringlinge mißtrauisch und ablehnend, und Pablo führte seine Begleiter wieder hinaus vor die Hütte. Lopez, so heiße der Mann, wolle essen, danach sei er vielleicht bereit, sich mit ihnen zu unter- halten. In diesem Augenblick sahen sie auch die Tochter. Sie kam vom Dorf her, von der Schule wohl, denn sie trug einen Ranzen auf dem Rücken. Schlecht schaue sie aus, meinte Jana, so blaß und abge- magert. Das Mädchen schien sie wiederzuerkennen, ging aber an ih- nen vorbei ins Haus, ohne sie zu grüßen. Sie wagten nicht, die Kleine anzusprechen. Draußen stand eine Holzbank, auf die setzten sie sich.

Erst nach etwa einer Dreiviertelstunde erschien der Schäfer. Auch er war blaß, und er bewegte sich sehr langsam. Aus dem Schuppen holte er einen Hackklotz, darauf ließ er sich nieder, und er blickte in die Ferne, als ob niemand da sei. Nach einiger Zeit erst sah er die Besucher an. Pablo redete ihn wieder an, aber er antwortete nicht. Dann mischte Kai sich ein.

„Pablo, frag' den Mann nach seinen Schafen, nach seiner Tochter, und wo seine Frau ist! Sei aber vorsichtig, ganz vorsichtig, sonst können wir gleich wieder abziehen."

Pablo neigte sich dem Kleinbauern zu, und Jana versuchte zu verstehen, was er ihm zuflüsterte. Plötzlich aber geschah etwas. Der bleiche, gebeugte Mann legte die Hände vor sein Gesicht und begann zu weinen, zuerst leise und wimmernd, dann lauter und schließlich hemmungslos. Pablo nahm ihn in den Arm, während Kai, Jana und Silke beschämt zu Boden blickten. Dann brach es aus ihm heraus, ohne Scheu vor den Fremden, und Pablo konnte gar nicht so schnell übersetzen. Was die vier erfuhren, erschütterte sie. Vor einem Monat sei die Frau des Schäfers verstorben, so dolmetschte Pablo, und weder er noch seine Tochter hätten es begriffen, bis heute nicht. Sie sei immer gesund gewesen, erst in der letzten Zeit hätte sie zu kränkeln begonnen, und sie hätte sich von Tag zu Tag schlechter gefühlt. Der Dorfarzt hätte sie ins Krankenhaus nach Callio geschickt, dort sei aber nur an ihr herumexperimentiert worden, niemand habe ihr richtig geholfen. Und eines Morgens habe sie tot im Bett gelegen. Seitdem sei alles sinnlos für ihn, und er lebe nur noch wegen seiner Tochter. Die könne das Unglück überhaupt nicht verkraften.

Lange schwiegen alle, dann fragte Kai nach seinen Schafen. Mit den Tieren stimme es nicht mehr, sagte der Kleinbauer, nachdem er einige Zeit vor sich hingestarrt hatte. Sie gäben immer weniger Milch, Käse könne er kaum noch herstellen, und das sei doch sein wichtigster Verdienst. Einige Schafe und Lämmer seien auch eingegangen, er wisse nicht, warum. Und zwei Mißgeburten, ja, die habe es auch noch gegeben.

In diesem Moment sah er Jana an, und er schien sich zu erinnern, daß die junge Fremde an dem Hang war, als es zum zweiten Mal passiert war.

„Hatten Sie mich nicht nach dem Tierarzt gefragt?"

„Ja, ja", antwortete Jana ganz schnell, und sie sagte es in der Landessprache.

„Der Tierarzt ist in den Klippen verunglückt, er ist abgestürzt, und einen anderen gibt es hier nicht."

Obwohl der Schäfer sehr leise sprach, verstand Jana ihn. Mit Pablo zusammen bemühte sie sich um ihn, und es schien dem Mann gut zu tun. Nach einer Weile stand er auf und brachte eine Flasche Wein. Die Kleine kam aus dem Haus und schmiegte sich an den Vater. Kai fragte, ob er einige Fotos machen dürfe, von ihm und seinem Kind, dem Haus und von den Schafen, die sich im nahen Pferch drängten. Lopez hatte nichts dagegen. Kai fotografierte, dann kam er zurück, und sie tranken den Wein. Der Schäfer begann zu erzählen, von seinem früheren Leben, seiner Frau, seinem Kind und von seiner Herde. Und der Tierarzt, ja, der sei ein guter Mann gewesen, der habe sich immer um ihn gekümmert und sei sofort gekommen, wenn man ihn gebraucht hätte.

„Kurz vor seinem Tod war er noch hier, bei der ersten Mißgeburt. Den Kadaver hat er eingepackt, er wollte alles den Behörden melden. Er war ein gewissenhafter Mensch, der Dr. Robles."

Kai wollte mehr wissen, und er gab Jana einen Wink, mitzuschreiben.

„Hat der Doktor irgend etwas gesagt, weshalb Tiere eingegangen sind oder wie es zu der Mißgeburt kommen konnte?"

Lopez sah den Fremden an.

„Denken Sie, ich hätte mir noch keine Gedanken darüber gemacht?"

„Was könnte es sein?"

„Dr. Robles hat alles untersucht, die Schafe, das Futter und die Wiesen. Er war mißtrauisch, hat aber nichts gesagt. Ich glaube, daß er eine Seuche vermutete, eine Epidemie, darum wollte er ja auch zum Veterinäramt in die Hauptstadt. Aber jetzt ist es zu spät. Der Doktor lebt nicht mehr."

Alle schwiegen.

„Würden Sie uns sagen, wo er gewohnt hat? War er verheiratet? Hatte er viel zu tun?"

Lopez gab bereitwillig Auskunft, als hoffe er, daß irgend etwas geschehen würde, was ihm helfen könnte. Jana notierte die Adresse des Tierarztes, nachdem sie schon vorher eifrig mitstenografiert hatte. Schließlich leerten sie ihre Gläser, und Kai schenkte der Kleinen einen seiner Kugelschreiber. Dann bedankten sie sich und verabschiedeten sich von dem Schäfer und seiner Tochter. Sie gaben ihm die Hand, und Silke umarmte das Mädchen.

Schon auf dem Weg zum Wagen konnte Kai kaum noch an sich halten.

„Da ist was faul", meinte er aufgeregt, „wir müssen weiter recherchieren, wir müssen am Ball bleiben. Menschenskinder, dieser Tierarzt, der hat etwas gewußt! Kommt, wir fahren zu seiner Frau, und zwar sofort!"

Auch Jana und Silke waren derart aufgewühlt von dem, was der Schäfer berichtet hatte, daß sie ebenso wenig wie Kai bedachten, daß man die Frau Robles nicht einfach überfallen konnte. Nur Pablo blieb cool, er schlug vor, sich erst einmal per Telefon anzumelden. Vielleicht sei die Frau ja auch gar nicht zu Hause, und außerdem sei Siesta.

Sie fuhren los, und Pablo mußte an Hernando denken und daran, was er über das Obst und das Gemüse aus Callio gesagt hatte. Er behielt es aber für sich. Es war früher Nachmittag, als sie neben einer Tankstelle an einer Telefonzelle halt machten. Pablo ging hinein, suchte die Nummer und wählte. Frau Robles war zu Haus, und sie war sogar bereit, sie zu empfangen. Gestern war ihr Mann beerdigt worden, in aller Stille, so hatte sie es gewünscht. Kinder hatten sie nicht, nur ein Bruder des Toten und die Schwägerin waren dabei gewesen, dazu ein Kollege aus der Hauptstadt und ein Freund, ein Arzt aus Callio. Alle hatten sich gewundert, daß der Leichnam einige Tage in der Klinik gewesen sei. Sie hatte darauf nicht geantwortet, und auch der Pfarrer hatte geschwiegen. Was wollten diese Fremden jetzt? Von der Polizei waren sie nicht, das hatte der junge Mann am Telefon sofort erklärt, und auch nicht von irgend einer Behörde. Seine Stimme hatte sympathisch geklungen, und auch deshalb hatte sie nicht nein gesagt.

Nach etwa einer halben Stunde waren die vier an Robles' Haus angekommen. Pablo ging voran und begrüßte die Witwe sehr höflich, als sie ihnen die Tür öffnete. Er kondolierte der schwarzhaarigen, schlanken Frau, die davon nicht wenig überrascht war. Sie bat die Besucher in den Salon, und die drei Deutschen sahen zum ersten Mal das Innere einer einheimischen Villa. Sie waren beeindruckt. Die Gastgeberin hatte ein Kaffeegedeck aufgelegt, und dazu gab es Cognac. Das hatten die vier nicht erwartet, und sie waren verlegen, was wiederum Frau Robles gefiel. Es ginge ihr jetzt etwas besser, sagte sie, sie fühle sich erleichtert, seit alles vorbei sei, seit ihr Mann im Grab ruhe. Zuerst sei es schlimm gewesen, so allein im Haus. Nur gut, daß wenigstens ihre Wirtschafterin bei ihr sei.

Pablo machte die Konversation. Er unterhielt sich mit der Dame des Hauses über allerlei Belangloses, über dies und das, und er vermied es, weiter von ihrem Mann zu sprechen, obwohl dies doch sein einziges Anliegen war. Er war geschickt genug zu warten, bis sie selbst damit beginnen würde.

„Wer hat Ihnen eigentlich meine Adresse gegeben?"

„Wir kommen von einem Schäfer namens Lopez. Von dem hörten wir, daß Ihr Mann verstorben ist."

„Ja, ich kenne den Lopez. Ich kenne fast alle Leute, mit denen mein Mann zu tun hatte. Hat er Ihnen gesagt, wie mein Mann umgekommen ist?"

„Er meinte, es sei ein Unfall gewesen, ein Sturz von einem Felsen."

„Ein Unfall? Daß ich nicht lache! Mein Mann kletterte nie in Felsen herum, weder wanderte er noch trieb er sonstigen Sport!"

Frau Robles sah sie verbittert, aber auch herausfordernd an.

„Ja, aber..."

„Sicher, man hat ihn in den Klippen gefunden. Aber was denken Sie, wie er dorthin gekommen ist?"

„Sie glauben doch nicht, daß er..."

„Ja, er ist ermordet worden, und das glaube ich nicht nur, sondern ich weiß es, und zwar von dem Kriminalbeamten aus der Hauptstadt, der den Fall bearbeitet. Er war vor einigen Tagen hier und hat mir gesagt, wie es passiert ist."

Jetzt schaltete Kai sich ein, und Pablo übersetzte.

„Es tut uns leid, Frau Robles, daß wir Sie mit unserer Anwesenheit belästigen, und wir würden uns nicht wundern, wenn sie uns hinausweisen würden. Dürfen wir trotzdem so etwas wie ein Interview mit Ihnen machen?"

Die Witwe nickte. Ab jetzt fragte nur noch Kai, und die vier erfuhren nach und nach, was der Polizist Vargas gesagt hatte. Sie hörten, daß Dr. Robles nicht bei allen beliebt war, weil er sich manchmal weigerte, gewissen Leuten zu Dienste zu sein und sich weder bereden noch gar bestechen ließ.

„Es gab in letzter Zeit einige merkwürdige Anrufe, die meinen Mann sehr aufgeregt haben. Überhaupt passieren hier neuerdings rätselhafte Dinge. Es soll Mißgeburten gegeben haben, so sagte Miguel mir" - die Witwe nannte zum ersten Mal den Vornamen ihres Mannes - „und auch Fehlgeburten. Übrigens nicht nur bei Schafen, sondern auch bei Menschen, bei einigen Frauen aus der Umgebung. Davon wußte mein

Mann aber nichts Genaues, er war halt Tiermediziner. Aber sein Bekannter, ein Arzt, hat es ihm erzählt."

Kai beugte sich vor.

„Wissen Sie etwas von einem Lammkadaver, den Ihr Mann kürzlich in seinem Wagen gehabt haben soll?"

Die Frau schüttelte den Kopf.

„Hat Ihr Mann einmal" - Kai stockte ein wenig - „das Wort ‚Radioaktivität' gebraucht?"

Frau Robles sah ihn erstaunt an, ebenso Jana, Silke und Pablo.

„Wie kommen Sie denn darauf?"

„Ach, nur so ein Gedanke."

„Nein, Herr... - „Friedmann", sagte Kai - „so etwas habe ich nie von ihm gehört. Ich wüßte es jedenfalls nicht. Andererseits" - die Witwe unterbrach sich - „da war kurz vor seinem Tod ein Abend, da unterhielt er sich hier im Salon mit seinem Freund, dem Arzt, und da sprachen sie von merkwürdigen Phänomenen, von Symptomen einer Strahlenerkrankung, aber dann schüttelten sie den Kopf und meinten, das sei doch wohl ausgeschlossen. Ich habe es nicht genau verstanden, ich hielt mich mehr in der Küche auf, aber ich erinnere mich genau, ja, ich bin jetzt so gut wie sicher..."

Frau Robles' Augen weiteten sich plötzlich.

„Könnte es sein - wäre es möglich, daß es mit seinem Tod, ich meine, mit seiner Ermordung zusammenhängt?"

Kai lehnte sich zurück.

„Das kann ich nicht sagen, Frau Robles. Ich weiß es nicht. Wir sind ja erst seit einigen Stunden in dieser Gegend, und wir sind eher zufällig hier. Aber eigenartig ist das Ganze schon, ja, das denke ich."

Jetzt erst wollte Frau Robles erfahren, wer sie überhaupt seien. Als Kai es ihr erklärte, war sie keineswegs verärgert, sondern eher angetan von ihnen. Es sei doch besser, etwas zu unternehmen, sagte sie, als den ganzen Tag am Strand zu liegen. Sie schenkte noch einen Cognac ein.

„Ich wundere mich übrigens, daß der Vargas sich nicht wieder gemeldet hat."

„Der Polizist aus der Hauptstadt?"

„Ja."

„Würden Sie mir sagen, wie der Freund Ihres Mannes heißt, dieser Arzt, und wo er wohnt?"

Frau Robles zögerte nicht, und Kai schrieb die Adresse auf. Er notierte sich auch den Namen Vargas.

„Ich wundere mich, daß Sie sich als Fremde dafür interessieren, aber egal, jedenfalls würde ich mich freuen, wenn Sie wieder von sich hören ließen. Vielleicht weiß ich dann mehr, und wir könnten uns noch einmal darüber unterhalten."

Kai stand auf, und die anderen auch. Frau Robles gab allen die Hand. Die vier bedankten sich und versprachen, wiederzukommen, dann verließen sie die Villa. Als sie aus dem Haus kamen, schlug ihnen die Hitze des Nachmittags entgegen, denn im Inneren der Insel war es um diese Zeit noch sehr warm. Sie waren aufgeregt. Selbst Pablo war unruhig, und Kai konnte sich kaum noch beherrschen. Als sie in ihren Jeep kletterten, schlug er vor, sofort den Arzt aufzusuchen, dessen Anschrift er schon in der Hand hielt. Die Mädchen stimmten zu, und Pablo lenkte den Wagen in hohem Tempo über die schmalen Straßen, vorbei an Mais- und Weizenfeldern, an Wiesen, Weinbergen und Wäldern. Staubwolken stiegen auf, so eilig hatten sie es.

Nach knapp einer Stunde hatten sie das Haus gefunden. Es lag in einer stillen Straße am Rande von Callio, dem größten Ort im Nordwesten. Pablo zog die Glocke an der schweren Tür, aber niemand öffnete. Erst nach einer Weile ging eine Klappe in der Holztäfelung auf. Ein Hausmädchen sah sie an und fragte, was sie wünschten.

„Könnten wir Dr. Mendoza sprechen?"

„In welcher Angelegenheit? Sind Sie Patienten des Doktors?"

„Nein, aber wir möchten gern mit ihm reden."

Das Mädchen schaute sie unsicher an.

„Dr. Mendoza ist nicht da, er ist im Krankenhaus. Bei einigen seiner Patienten, die gestern operiert wurden."

„Wo finden wir das Krankenhaus?"

Das Mädchen beschrieb ihnen den Weg, dann schloß sie die Klappe ganz schnell. Das Krankenhaus lag hoch über der Stadt, und sie erreichten es nach ungefähr einer Viertelstunde. Sie stiegen aus und gingen an die Rezeption.

„Dr. Mendoza bitte, könnten wir ihn sprechen?"

Die Dame am Empfang stutzte, dann telefonierte sie.

„Tut mir leid, aber Dr. Mendoza ist nicht im Haus. Seit gestern mittag nicht. Nachdem er operiert hat, ist er fort. Er wird daheim sein, versuchen Sie es dort."

Die junge Dame wirkte angespannt und nervös.

Als Pablo übersetzt hatte, sahen sie sich erstaunt an. Dann gingen sie zum Jeep zurück. Sie fühlten sich ungewohnt schlaff und müde. Der Tag war lang gewesen.

„Was machen wir?" fragte Jana.

„Vor allem geben wir nicht auf." Kais Stimme klang brüchig.

„Wir bleiben hier", meinte er dann. „Es ist sowieso zu spät, um zurückzufahren, und wir müssen weitermachen, wir müssen diesen Arzt irgendwie erreichen. Wir besorgen uns hier in der Gegend ein Quartier. Ich bezahle, das ist klar. Kannst du einen Tag anhängen, Pablo?"

„Ich muß mit meinem Chef telefonieren".

„Und ihr beiden, wie ist's mit euch?"

Jana und Silke verständigten sich, dann sagten sie ja.

„Und unser Hotel läute ich an, sonst werden wir womöglich noch als vermißt gemeldet."

Sie fanden an der nächsten Ecke eine Fernsprechzelle, und Pablo bekam seinen freien Tag. Den Anruf beim Hotel erledigte er gleich mit. Kai hatte trotz seiner Müdigkeit zwischendurch immer wieder fotografiert, die Schäferhütte, das Haus von Dr. Robles und auch das von Mendoza. Das Krankenhaus nahm er auf, während Pablo telefonierte. Es wirkte gegen die untergehende Sonne wie eine dunkle, mittelalterliche Festung. Jetzt galt es, eine Unterkunft zu suchen, und sie fuhren in die Stadt. Die Touristen-Info war noch offen, obwohl Callio eigentlich kein Ferienort war. Pablo bekam eine Adresse, und sie lenkten den Jeep langsam über die breite Hauptstraße, dann durch enge, verwinkelte Gassen, bis sie vor einem kleinen, etwas unscheinbaren Hotel hielten. Es sollte nicht zu teuer sein, so hatten sie es gewollt. Als sie hineinkamen, sah der Portier sie mißtrauisch an, weil sie kein Gepäck dabei hatten. Nur die Mädchen trugen ihre Rucksäcke, und der Mann verlangte, daß sie im voraus bezahlten. Die Zimmer waren in Ordnung, recht groß, sauber und gut eingerichtet. Eigentlich viel besser als die im Strandhotel, fanden Jana und Silke, als sie sich erschöpft auf ihr Doppelbett legten. Es dämmerte, und die Sonne war hinter den Hügeln verschwunden. Auch Kai und Pablo ruhten sich in ihrem Zimmer aus, aber nach zwei Stunden weckten sie die Mädchen. Etwas essen müßten sie, meinten sie, und ein Glas Wein trinken, nach diesem harten Tag. Im Quartier gebe es nichts um diese Zeit, es sei ein Hotel garni. Sie gingen in Richtung Innenstadt, aber anders als sonst im Süden sahen sie nur wenige Menschen auf den Straßen. Pablo zeigte auf eine Bodega am Ende eines kleinen Platzes. Sie setzten sich nach draußen unter die blaue Markise und bestellten einen Aperitif. Dann Paella und eine Flasche Wein. Das Essen schmeckte, und auch der Wein. Ein zwergenhaft gewachsener Mann mit großem Kopf und wulstigen Lippen bediente sie, er war aufmerksam und servierte gleich eine zweite Flasche, als sie die erste geleert hatten. Sie schauten hinaus auf den Platz. Neonröhren beleuchteten ihn, und die Menschen, die vorübergingen, sahen bleich aus und schattenhaft. Als ob sie krank seien, murmelte Silke. Ihr war unheimlich, und sie rückte näher an Pablo heran. Kai brütete vor sich hin. Er trank, sagte aber kaum etwas. Jana versuchte ihn aufzumuntern, obwohl auch sie ein wenig deprimiert war.

„Merkwürdig, diese Stadt. So trist, so leer. Man könnte sich fast einen Psycho einfangen."

„Ist eben kein Fun-Paradies, Mädchen."

Kai sah Jana an. Er hatte ihr und Silke verdammt viel zugemutet. In diesem Augenblick humpelte eine alte, entsetzlich magere Frau an der Bodega vorbei. Aus ihrem schwarzen, zerschlissenen Umhang starrte sie die vier an. Ihre Gesichtshaut war ledern und gelb. Als sie nahe an ihrem Tisch war, blieb sie stehen und streckte eine ihrer knöchernen Hände aus. Die Mädchen erschraken, während Kai sich vorbeugte und ihr einen Zehneuroschein gab. Argwöhnisch beäugte die Alte das Geld, dann schlurfte sie davon. Die Mädchen atmeten auf, fanden es aber gut, daß Kai so großzügig war.

„Oder hast du zuviel Kohle?"

Kai blieb gelassen.

„Nicht mehr als andere Schreiberlinge auch. Ich muß wohl 'ne sentimentale Sekunde gehabt haben."

Jana schaute ihn an. Schlecht sah er eigentlich nicht aus, wie er da mit seinen langen Beinen auf dem geflochtenen Stuhl saß und durch die Brille zwinkerte! Ein besonderer Kerl, dachte sie, eigenwillig, intelligent und nicht so simpel wie die meisten. Und er hatte Ideen! Der Zwerg brachte einen Feigenschnaps, mit einem Gruß vom Wirt. Sie kippten ihn, und Kai bestellte einen letzten Wein. Von der Seite her legte er seinen Arm um Jana, und sie wehrte sich nicht. Eine Weile blieben sie noch, dann zahlten sie. Als sie heimgingen, konnten sie fast nichts mehr erkennen, so dunkel war es in den Gassen. Sie tasteten sich durch die Nacht, sie lachten und schwankten eng umschlungen voran, und jedesmal, wenn sie sich orientieren mußten, blieben sie stehen und küßten sich, halb übermütig und halb voller Begierde.

Sie kamen zum Hotel. Niemand schien da zu sein, es war ganz still. Wie von selbst ging Kai mit Jana in das Mädchenzimmer, während Silke mit Pablo in dem der Jungen verschwand. In dieser Nacht, in dieser düsteren Stadt, verliebte sich Jana zum ersten Mal in ihrem Leben. Sie lernte jemanden kennen, der sehr zärtlich zu ihr war, der nicht gleich über sie herfiel, als sie sich auszog, duschte und ins Bett kam. Der junge Journalist nahm sie in den Arm und unterhielt sich lange mit ihr. Sie sprachen über den Tag, über alles, was sie erlebt hatten, über die beklemmende Atmosphäre der Stadt, solange, bis die Erregung da war und sie sich zu lieben begannen, aber nicht brutal und gefühllos, sondern in seliger Leidenschaft. Und auch sonst war Kai anders, als Jana gedacht hatte, denn etwas überraschend für sie übertraf er ihre bisherigen Liebhaber nicht nur an Geist, Witz und Einfallsreichtum, sondern auch an Virilität, und sie hatte noch nie so tief empfunden. Ruhig lagen sie dann beieinander, bis sie sich ein zweites Mal fanden, heftiger noch als zuvor. Erst sehr spät schliefen sie ein, und am Morgen war Kai wieder so zärtlich zu ihr, daß es in ihr brannte. Silke und Pablo frühstückten schon, als sie gegen zehn Uhr in den Eßraum hinunter kamen. Der junge Insulaner war ein wenig verlegen. Silke überhaupt nicht. Sie lächelte und sah aus wie ein Kind, das stundenlang gespielt hat.

Kurz nach elf verließen sie das Hotel und fuhren ein zweites Mal empor zum Krankenhaus. Pablo saß am Steuer, neben ihm Silke. Kai und Jana kauerten hinten. Diesmal hatten sie Glück, Dr. Mendoza war da, und nach einer halben Stunde durften sie zu ihm. Der Arzt empfing sie in seinem Zimmer. Obwohl es nicht besonders hell war, trug er eine Sonnenbrille, und sein dickliches Gesicht paßte überhaupt nicht zu seiner schmalen Gestalt. Über der linken Hand trug er einen Handschuh. Er wirkte schlecht gelaunt und fragte mürrisch, was sie wollten.

„Einen Gruß von Frau Robles."

Jana sagte es in der Landessprache, und der Arzt schien erstaunt, aber die Brille verhinderte, daß man sicher sein konnte. Jetzt wurde es schwierig, aber Pablo war wohl klüger, als sie geglaubt hatten. Er redete ganz behutsam mit dem Arzt, und der hörte zu, antwortete auch und warf sie nicht hinaus. Nach einiger Zeit wandte sich Pablo den dreien zu und übersetzte. Sie waren sehr gespannt, worüber die beiden sich unterhalten hatten.

„Erst einmal habe ich Dr. Mendoza gesagt, wer wir sind. Dann habe ich mit ihm darüber gesprochen, ob es hier in der Gegend eine radioaktive Verstrahlung geben könnte, von der ich übrigens schon einmal durch meinem Freund Hernando gehört habe."

Kai, Jana und Silke sahen sich verblüfft an.

„Ich habe ihn gefragt, wenn das stimme, ob man dann als gesunder Mensch gefährdet sei, und was man tun müsse, um nicht zu erkranken."

„Und? Was hat er geantwortet?"

„Zuerst hat er gefragt, ob wir so etwas von Frau Robles gehört hätten."

„Und?"

„Nur andeutungsweise, habe ich gesagt."

„Und was hat er dann gemeint?"

„Er hat bestritten, daß es hier oder sonstwo auf der Insel Radioaktivität gebe, und wenn, dann nicht mehr als auf der übrigen Erde auch."

Kai war fassungslos.

„Wie kommt es dann zu den Miß- und Fehlgeburten? Wieso hat Frau Robles ihn so reden hören? Warum sehen hier viele so krank aus? Und warum lebt sein Freund nicht mehr?" .

Pablo zuckte mit den Schultern, dann begann er den Arzt erneut zu fragen. Und wieder, kaum zu glauben, antwortete Dr. Mendoza, und es dauerte noch länger als vorher, ehe Pablo übersetzte. Kai konnte es kaum erwarten.

„Was hat er gesagt? War er sauer? Warum ist er nicht wütend?"

„Er ist nicht wütend, und er hat mir etwas verraten, was wir nicht wissen konnten. Er hat mir gesagt, daß es hier im Krankenhaus Tote gegeben habe, Strahlentote" - die drei fuhren hoch - „aber durch einen Unfall, durch ein schlimmes Unglück, weil man bei gynäkologischen Untersuchungen ein defektes Röntgengerät eingesetzt habe. Vor einiger Zeit schon sei eine Frau an den Folgen gestorben, kürzlich eine zweite, und einige Fehl- oder Mißgeburten seien wohl auch darauf zurückzuführen. Erst in diesen Tagen habe man den verhängnisvollen Fehler entdeckt und das Gerät sofort aus der Frauenstation entfernen lassen. Noch nie sei so etwas bei ihnen vorgekommen, nie hätte einer ihrer Apparate versagt. Es sei sehr bedauerlich, aber niemanden treffe eine Schuld, denn der Defekt sei kompliziert und bei den üblichen Kontrollen nicht festzustellen gewesen. Im übrigen denke man daran, die Angehörigen der Opfer angemessen zu entschädigen."

Pablo sah die drei an. Der Arzt stand abrupt auf.

„Meine Herrschaften" - Jana verstand ihn und lächelte ihn an - „ich darf, ja ich muß mich von Ihnen verabschieden. Grüßen Sie Frau Robles von mir und sagen Sie ihr, daß sie sich nicht sorgen soll. Es ist alles in Ordnung."

Er beugte sich über Janas Hand und deutete einen Kuß an. Kai sah für einen kurzen Moment, daß das linke Auge des Arztes völlig zugeschwollen und sein Jochbein blauviolett angelaufen war. Als er ihm die Hand gab, fiel ihm auf, daß er keine Miene verzog, aber nicht, weil er es nicht wollte, sondern nicht konnte.

Draußen war es unerträglich heiß. Die vier stiegen in den offenen Jeep, um sich vom Fahrtwind kühlen zu lassen, aber es half wenig. Außerhalb der Stadt hielten sie an einer Bodega.

„Jana, Silke, Pablo, habt ihr den Arzt gesehen? Habt ihr ihn genau angeguckt? Das verschwollene Gesicht, das blaue Auge, die verbundene Hand? Der ist nicht im Auto verunglückt oder von der Treppe gefallen, und der ist auch nicht gegen eine Tür gerannt, sondern in Fäuste, in knallharte Fäuste. Der ist in die Mangel genommen worden, und zwar von Profis. Glaubt ihr, daß ein Arzt sich mit anderen Leuten zum Spaß oder sonstwie prügelt? Kommt, wir trinken erst mal 'nen Espresso!"

Sie gingen in die Bodega, und Kai redete weiter.

„Warum, warum wohl ist er zusammengeschlagen worden? Weil er etwas weiß, was andere nicht wissen sollen, und weil er trotzdem geplaudert hat. Da haben sie ihn sich gegriffen und ihm beigebracht, was er sagen darf und was nicht. Und was hat er uns erzählt? Natürlich das, was er sagen darf oder sogar sagen soll!"

Jana legte ihre Hand auf seinen Arm.

„Reg' dich ab, Kai. Ich glaub' dir alles, aber klär' uns auf!"

„Jana, Darling, denk' nach! Mendoza sagt ausgerechnet uns Fremden, daß in seiner Klinik Strahlenunfälle passiert sind, daß es Tote und Mißgeburten gab! Warum? Weil er ablenken will und muß. Weil er uns beruhigen soll! Verdammt" - Kai stockte - „dann weiß man also von uns. Wir werden beobachtet, wir stehen womöglich schon auf der schwarzen Liste!"

„Auf welcher Liste, Kai? Spinnst du?"

Kai sah sich vorsichtig um, aber außer ihnen war niemand im Lokal.

„Die Sache mit dem Röntgengerät ist von vorn bis hinten erlogen. War die Frau von Lopez im Krankenhaus, bevor es ihr schlecht ging?

Nein, sondern erst danach! Mit der zweiten Frau und den Geburten wird es nicht anders gewesen sein. Mendoza wußte das, er hatte einen Verdacht, und er hat mit Robles und anderen darüber gesprochen. Vorgestern waren Leute bei ihm, als er aus dem Krankenhaus heimkam. Sie haben ihm gestoßen, was Sache ist, sie haben ihm die Röntgentheorie ins Gesicht geballert! Er war gestern zu Hause, als wir bei ihm läuteten, er lag zerschlagen im Bett. Ich ahnte es fast, als ich das Mädchen hinter der Tür sah. Wir sind dann heute, am Tag danach, bei ihm im Krankenhaus, und er empfängt uns trotz seines desolaten Zustands. Warum? Weil er wußte, daß wir kommen würden, weil er uns abspeisen sollte, damit wir Ruhe geben, damit wir zufrieden sind und nicht weiter herumspionieren, sondern abhauen. Man kennt uns, man ist uns auf der Spur, und damit wird der Acker heiß!"

„Wer ist 'man', Kai?"

„Weiß der Teufel, das kann ich auch nicht sagen. Aber eins weiß ich - daß wir uns davonmachen müssen. Wir können sowieso nichts mehr ausrichten. Ja, verdammt, wer steckt dahinter, und wer hat denen von uns erzählt?"

Pablo sah ihn ernst an.

„Ich denke, daß du recht hast, Kai. Bei uns ist manches möglich. Vor allem, wenn wahr ist, was du vermutest und was Hernando mir gesagt hat."

Kai stand auf.

„Kommt, laßt uns fahren! Es wird schon gutgehen. Aber Vorsicht ist Devise. Kommt!"

Sie zahlten, dann nahm Kai Jana an die Hand und kletterte mit ihr wieder auf die Rückbank des Jeeps. Pablo chauffierte, und Silke drängte sich an ihn. Die Rückfahrt verlief ohne Zwischenfälle. Am späten Nachmittag erreichten sie ihr Hotel.

Die Stierkampfarena der Inselhauptstadt war für ein Großereignis hergerichtet worden. Heute abend fand statt, was schon seit Wochen auf Plakaten, in den Zeitungen, im Rundfunk und im Fernsehen angekündigt worden war und was man den Höhepunkt der Saison nennen durfte. Einheimische und Touristen hatten darauf gewartet, und trotz der riesigen Arena mit ihren zehntausend Plätzen waren alle Eintrittskarten längst vergriffen. Zum Abschluß seiner Europatournee würde der berühmte Sänger Alessandro Caneri auftreten, einer der besten Tenöre der Welt, den viele für den zweiten Caruso hielten. Begleitet wurde er von den kaum weniger bekannten Londoner Sinfonikern. Die Fernsehanstalt der Insel und der Rundfunk übertrugen das Konzert, es sollte in alle europäischen Länder und sogar nach Übersee ausgestrahlt werden. Auch Jana, Silke und Kai wollten dabei sein, sie saßen im Fernsehraum ihres Hotels vor dem Bildschirm und warteten mit einigen anderen darauf, daß der große Sänger erscheinen würde. Der Besitzer des Hotels hatte sich unter seine Gäste gemischt und wußte mit Stolz zu berichten, daß der Tenor Verwandte auf der Insel habe und daß er vielleicht nur deshalb hier in der Provinz singe, er, der sonst nur in den Metropolen der Welt auftrete und unbedeutende Orte meide. Er habe sogar einige Tage auf der Insel verbracht, in Callio, bei einer Tante, die früher auf dem Festland gelebt habe und der er seit den Kinderzeiten innig verbunden sei.

Einige der Gäste zischelten und baten den Hotelbesitzer, ruhig zu sein, denn gleich gehe es los. Und kurz darauf war es nicht nur im Fernsehraum, sondern auch im gigantischen Rund der Arena ganz still, als der Star auf die Bühne kam, mit rauschendem Beifall empfangen wurde, sich aufrichtete und nach dem Vorspiel der Sinfoniker seine einmalige Stimme erklingen ließ. Wie so oft gelang es ihm, seine Zuhörer zu verzaubern, und es wurde ein wunderbarer Abend. Chor und Orchester überboten sich an Präzision, und der Sänger gab alles. Eine Arie nach der anderen ließ er in den Abendhimmel steigen, und das Publikum jubelte immer wieder, denn fast alle kannten doch die Kompositionen der unsterblichen Verdi und Puccini, und viele summten die Melodien mit oder formten mit den Lippen die Texte, die ihnen geläufig waren wie Gebete.

Kurz vor dem Ende des Konzerts aber geschah Unerwartetes. Es wurde zuerst allerdings von den meisten gar nicht bemerkt, und es war so ungewöhnlich, daß es einige Zeit dauerte, bis das Desaster offenbar wurde. Mitten in seiner letzten Arie nämlich, der Klage des Alfred aus der ‚Traviata‘, wurde der Tenor unsicher, er faßte sich ins Gesicht, wischte an der Oberlippe, griff nach seinem Taschentuch und fuhr damit über Mund und Kinn. Seine Stimme geriet dadurch ins Stolpern, der Einsatz stimmte nicht mehr, Orchester und Solist sangen und spielten aneinander vorbei. Schließlich begann der Star heftig zu husten, und nichts ging mehr. Der Dirigent und die vorn Sitzenden sahen das Malheur, und bald auch erfaßten die Fernsehkameras in unerbittlicher Großaufnahme, daß Caneri fürchterlich aus der Nase blutete. Das ganze Gesicht war rot verschmiert, und es schien, als ob ihm die Flüs-

sigkeit auch aus dem Munde triefe. Das vorher blütenweiße Frack-
hemd des Tenors glich einer Schlachterschürze, und hilflos blickte er
zum Dirigenten hinüber, der das Konzert abbrechen mußte. Es war
aber zu verschmerzen, weil es ohnehin bald zu Ende gewesen wäre.
Alle blieben in der Arena und schauten zu, wie der Sänger, gestützt
vom ersten Geiger und dem Dirigenten, das Podium verließ und in
Richtung Garderobe entschwand. Beifall brandete auf, ein wenig verhalten allerdings, als wolle man den Künstler in seinen Nöten nicht
belasten. Der Dirigent kam nach einiger Zeit zurück und verkündete,
daß man das Konzert leider nicht zu einem guten Schluß führen könne, da Alessandro Caneri unpäßlich geworden sei und nicht weitersin-
gen könne. Obwohl es ihm inzwischen schon ein wenig besser gehe,
werde er vorsichtshalber ins Krankenhaus gebracht. Er wünschte dem
Tenor im Namen aller Gesundheit und bedankte sich beim Publikum.
Die Besucher klatschten, und man vernahm aufmunternde Zurufe.
Dann räumten Dirigent, Orchester und Chor die Bühne. Die Beleuch-
tung erlosch, und die Arena leerte sich.
Im Fernsehraum des Strandhotels schauten sich die Gäste betroffen
an, und der Besitzer machte ein Gesicht, als ob jemand gestorben sei.
Kai sah seine Freundin an, dann Silke. Er schien zu überlegen, sagte
aber nichts. Schließlich schüttelte er den Kopf und ging mit den bei-
den Mädchen auf die Terrasse, um noch ein Glas Wein zu trinken.
Beim ersten Schluck meinte er, er müsse nachdenken. Dann murmelte
er etwas, das sich anhörte wie ‚Orson Welles'. Jana lächelte ihn an.
Sie fühlte sich seit einigen Tagen sehr glücklich.

In der Nacht, in der Caneri sein Konzert abbrechen mußte, gebar eine
junge Frau im Krankenhaus von Callio ihr erstes Kind. Sie bekam es
aber nicht zu sehen. Dr. Mendoza hatte Dienst in der Frauenstation,
und er hatte es schon befürchtet, bevor er die Entbindung im Kreißsaal
einleitete. Als sich einige Zeit, nachdem er die Spritzen gesetzt hatte,
das winzige, blutverschleimte Etwas aus dem Geburtskanal löste, sah
der Arzt denn auch sofort, daß es mißgebildet war, und wieder war er
entsetzt. Die dunkelhaarige, schweißverklebte Mutter lag in leichter
Narkose, und schnell ließ Mendoza das kleine Wesen, nachdem es
abgenabelt und gesäubert worden war, in den Isolierraum bringen. Als
er sich über es beugte, lebte es noch, und der Anblick erschreckte den
Mediziner. Das Neugeborene war wohl ein Junge, doch ein viel zu
großer Kopf dominierte den winzigen, flatternden Körper, und dieser

Kopf war auch noch verformt. Die Fontanelle stand viel zu weit offen, und die Oberlippe war gespalten. Dr. Mendoza ging zurück in den Kreißsaal, und wieder fiel es ihm schwer, die junge Frau zu belügen, die ihn voller Erwartung ansah. Er sagte ihr, daß sie ihr Baby jetzt nicht in den Arm nehmen dürfe, da es krank zur Welt gekommen sei. Zunächst müsse es in die Intensivstation.

Was es denn habe? Und ob es ein Junge sei?

Ein Junge, ja, antwortete der Arzt, aber das Kind habe eine Virusgeschichte, lebensgefährlich und ansteckend, deshalb müsse man sehr vorsichtig sein. Er nahm die Hand der Frau und streichelte sie. Sie ließ den Kopf zur Seite sinken und weinte. Als Mendoza wieder in den Isolierraum ging, sagte ihm die Stationsschwester, daß das Baby tot sei. Er untersuchte es gründlich, dann murmelte er, daß es so auch besser sei. Die Schwester nickte. Der Arzt stellte den Totenschein aus, danach ordnete er an, daß der Leichnam gemäß dem Seuchengesetz sofort im städtischen Krematorium zu verbrennen sei. Die Schwester widersprach nicht und ging, um alles zu veranlassen. Der Mutter sagte Mendoza kurz darauf, daß ihr Junge leider verstorben sei, an der Viruserkrankung. Er gab ihr die Hand und versuchte sie zu trösten. Wegen der Ansteckungsgefahr, sagte er ihr dann, sei die sterbliche Hülle des Kindes bereits verbrannt worden, aber er werde dafür sorgen, daß ihr die Urne so schnell wie möglich überstellt werde. Es entstünden keinerlei Kosten für sie.

Die Frau preßte ihr Gesicht ins Kopfkissen, und ihre Schultern zuckten, so sehr, daß der Arzt es nicht mehr ertragen konnte. Leise ging er hinaus. Er schämte sich und war zugleich voller Zorn. Lügen, Lügen - er hatte es satt! In letzter Zeit kamen immer mehr Patienten mit merkwürdigen Symptomen in seine Sprechstunde. Sie ähnelten denen einer Migräne, aber die Übelkeit, unter der die Leute litten, war fürchterlich. Er verordnete Medikamente, vor allem jodhaltige Präparate, aber er wußte, daß es damit nicht genug war. Gewisse Tatsachen mußten beim Namen genannt werden, es mußte auf den Tisch, was er vermutete. Alle Ärzte aus dem Nordwesten der Insel mußten zusammenkommen, um mit der furchtbaren Wahrheit und ihren Konsequenzen vertraut gemacht zu werden, damit sie etwas unternehmen könnten gegen das Unheimliche, das Schleichende. Drei Tote schon, und jetzt wieder eine solche Geburt!. Mußte nicht ganz Callio samt seiner Umgebung evakuiert werden? War nicht auch er selbst in Gefahr? Er schaute in den Spiegel. Kaum noch war etwas zu sehen von seinen

Gesichtsverletzungen, und die Brille brauchte er nicht mehr. Aber er spürte noch die Schläge, die ihn vor einigen Tagen in seiner Wohnung getroffen hatten. Ahnungslos hatte das Hausmädchen die Männer hineingelassen, die sich blitzschnell maskierten und mit wüsten Fausthieben über ihn herfielen. Er hörte noch, wie sie drohten, wenn er auch nur ein Wort verlauten lasse von dem, was in seiner Klinik geschehen sei, was er der Regierung gemeldet und auch seinem Freund Robles verraten habe, werde er die Woche nicht überleben. Er müsse alles verschweigen. Es war ein Horror. Dann hatten sie gebrüllt, wenn neugierige Leute, vor allem die Schmeißfliegen von der Presse, kämen und dumm fragten, solle er irgend etwas erzählen, irgend etwas erfinden. Da hatte er an seinen Freund Miguel gedacht und Angst bekommen, und ihm war eingefallen, daß er sich herausreden könne mit einem defekten Röntgengerät, und das hatte er den Männern gesagt, während sie auf ihn einschlugen. Da hatten sie gelacht und ihm auf die Schulter geklopft. Ebenso schnell wie sie gekommen waren, hatten sie das Haus verlassen. Die Polizei hatte er nicht angerufen, weil er einen Verdacht hatte, den er kaum zu denken wagte. Waren die Täter vielleicht...?

Doch an wen sollte er sich wenden? An seinen Studienfreund und Kollegen in der Hauptstadt? Der war im Vorstand der Ärztevereinigung und hatte Beziehungen. Ja, den würde er heute noch anrufen und ihm alles sagen! Der würde helfen können, ganz sicher. Dann wäre es aus mit dem Versteckspiel, dann hätte es ein Ende mit diesen elenden Lügen! Ja, heute noch wollte er anrufen!

Erleichtert ging er in sein Sprechzimmer und legte sich auf die Couch, um wenigstens ein oder zwei Stunden zu schlafen.

Nach dem Vorfall mit dem Opernstar mehrten sich die Gerüchte. Die halbe Welt hatte es gesehen, viele nahmen Anteil, und die Medien wurden mit Anfragen überhäuft. Man wollte hören, wie es dem Sänger gehe, ob er bald wieder gesund sei, weshalb er ein so starkes Nasenbluten bekommen habe, wo er jetzt sei und wann er wieder auftreten werde. Bekannt wurde, daß der Tenor nach wie vor im Krankenhaus der Inselhauptstadt liege. Eigens seinetwegen war eine Telefonistin eingestellt worden, die alle Anrufer beruhigte und ebenso geduldig wie geschickt den Fragen der Journalisten standhielt oder ihnen auszuweichen wußte. Das ärztliche Bulletin klang günstig. Mit der Entlassung des Sängers sei bald zu rechnen.

Auf der Insel aber wußte man mehr. Es sprach sich herum, daß Alessandro Caneri sich vor seinem Konzert in Callio aufgehalten habe, der Stadt, in der in letzter Zeit merkwürdige Dinge geschähen. Von einer geheimnisvollen Krankheit wurde gemunkelt, von Infektionen und Viren war die Rede. Eine bisher unbekannte Seuche aus Afrika sollte ausgebrochen sein. Ebola vielleicht? Hatte der Vielumschwärmte sich dort angesteckt, war seine Blutung das erste Symptom eines solchen Leidens? Andererseits konnte alles auch harmlos sein, denn was war schon ein bißchen Nasenbluten! Die Ärzte würden so etwas in den Griff bekommen, vor allem, wenn auch die Regierung ihre Maßnahmen träfe. Die war hellwach, da war man sich einig, und sie würde schon das Richtige tun, um Gefahren von der Insel abzuwenden. In der Zeitung war nichts zu lesen über Callio. Und auch aus dem Fernsehen und dem Rundfunk war nichts zu erfahren. Die Programme liefen ab wie eh und je. Show und Spaß und Quiz und Pop und Sex und Crime. Sonntags Gottesdienst und Sport. Keine Nachricht ist stets eine gute Nachricht, wer kannte nicht das bewährte Wort?

In einer Umgebung, in der manche ihre Partner schneller zu wechseln pflegen als ihre T-Shirts, glaubten Kai und Jana, daß es bei ihnen ganz anders sein würde. Nicht nur, daß sie jede Nacht miteinander verbrachten, auch tagsüber waren sie ständig beisammen. Silke ging eigene Wege. Kai konnte das, was sie in Callio erlebt hatten, nicht vergessen. Es beschäftigte ihn mehr und mehr, und Jana dachte wie er. Das touristische Einerlei interessierte sie kaum noch. Sie badeten schon früh im Meer und spazierten oft stundenlang am Strand entlang. Sie suchten die einsamen, etwas verwilderten Stellen, wo sich die Massen verflüchtigten, und sie aßen in einem kleinen Fischerlokal oder in einer Bodega, die sie ein wenig abseits entdeckt hatten. Sie gingen abends nur in solche Diskos, die sie mochten, sie tanzten und lachten, sie umarmten und küßten sich wie alle, die verliebt sind. Aber meist sah man sie auf der Terrasse oder im Foyer ihres Hotels sitzen, wo sie diskutierten, schrieben, skizzierten, Fotos verglichen und Texte in Kais Laptop tippten. Sie sprachen leise dabei. Vor ihnen auf dem Tisch lag eine Landkarte, vom Nordwesten der Insel. Sie markierten Straßen und Kreuzungen, Dörfer und Städte. Sie überlegten, wägten ab, und eines Tages entschlossen sie sich. Sie wollten ein zweites Mal nach Callio fahren, obwohl sie ahnten, daß es nicht ungefährlich sein würde.

Wieder mieteten sie einen Jeep, und sie starteten an einem sonnigen Vormittag, nachdem sie auf der Terrasse gefrühstückt hatten. Zuerst blieben sie auf der Hauptstraße, dann aber, einige Kilometer vor der Distriktsgrenze, die nur durch ein Schild gekennzeichnet war, verließen sie die Route und fuhren über einsame Landstraßen. Jana mußte an ihren ersten Ausflug denken, als sie mit Silke in dem Seat unterwegs war. Nach einiger Zeit benutzten sie nur noch Feldwege. Sie taten gut daran, denn von einem Höhenzug aus beobachteten sie durch ihr Fernglas, daß unten im Tal an der Grenze Posten standen, die jeden Wagen anhielten und kontrollierten. Fast alle mußten umkehren. Die beiden ließen sich nicht beirren und fuhren weiter. Es dauerte viele Stunden, bis in der Ferne die Kirchtürme von Callio auftauchten. Sie kamen über eine kurvenreiche Nebenstraße hinunter in den Ort, und sie merkten sofort, daß die Stadt noch merkwürdiger war als beim letzten Mal. Sie wirkte wie ausgestorben. Obwohl die Siesta vorbei war, sah man in den Gassen kaum einen Menschen. Selbst der Corso, auf den sie nach einiger Zeit einschwenkten, war fast leer, und nur wenige Autos kreuzten ihren Weg. Es schien, als sei kein Geschäft und kein Restaurant geöffnet. Die Rolläden vor den Schaufenstern und Eingängen waren hinuntergelassen, die Markisen eingerollt. Scharf zeichneten sich die Schatten der Gebäude auf dem Pflaster ab.

Sie parkten, und es hallte, als sie an den Häuserzeilen entlang gingen. Plakate hingen überall, und Jana las, daß die Einwohner dringend aufgefordert wurden, für die nächsten Tage und Nächte möglichst in ihren Häusern zu bleiben. Darunter stand, daß man sich rechtzeitig mit Nahrungsmitteln zu versorgen habe, weil die Geschäfte bald geschlossen würden. Den Anweisungen der Behörden sei zu folgen, und in Notfällen sei unter der Nummer 101 bei der Stadtverwaltung anzurufen. Die Plakate waren schon ein wenig verstaubt. Noch nie hatten Jana und Kai erlebt, daß ein Ort so tot war. Die verwaisten Straßen glühten in der Sonne, kein Wasser plätscherte in den Brunnen oder in den steinernen Rinnen. Man sah keine Tiere, weder Hunde noch Katzen, und kein Vogel flog. Die Blätter der Platanen und Ulmen waren gelb, sie raschelten im heißen Luftstrom, sanken zu Boden und häuften sich unter den Bäumen. In der Ferne verwehte das Signal eines Krankenwagens, sonst hörte man kaum ein Geräusch.

Plötzlich stand eine weißgekleidete Gestalt mit einer kapuzenartigen Maske vor ihnen. Sie erschraken. Das gespenstische Wesen hob den rechten Arm, gestikulierte und schrie etwas, das die beiden zwar nicht verstehen, aber schnell erraten konnten, nämlich daß sie schleunigst von der Straße zu verschwinden hätten. Jana klammerte sich an ihren Freund.

„Zum Jeep, schnell!" rief Kai und zerrte Jana mit sich. Im Wagen riß er den Gang hinein und gab Gas.

„Der Mann da trägt einen Schutzanzug gegen radioaktive Verstrahlung, Jana! Wir hauen ab! Raus aus der Stadt, ehe sonst noch was passiert!"

Während sie durch die Außenbezirke ratterten, fielen ihnen Polizisten auf, die sich in Gruppen auf Plätzen und an Straßenecken ballten. Es schien, als ob sie sich auf einen Einsatz vorbereiteten. Schutzanzüge wurden verteilt. Die Uniformierten kümmerten sich nicht um sie, die sich tief in ihren Jeep duckten. Sie rasten weiter. Als sie unterhalb des Krankenhauses vorbeikamen, hielten sie an. Sie schauten hoch und sahen, daß der wuchtige Bau hell erleuchtet war, obwohl die Sonne noch am Himmel war. Viele Rettungswagen standen auf den Parkplätzen, und noch mehr Privatfahrzeuge reihten sich an den Seiten der ansteigenden Zufahrtsstraße hinauf zur Klinik. Kai drückte aufs Pedal. Er lenkte den Jeep in Richtung Nordwesten, dem Meere entgegen, und nach zwanzig Minuten erreichten sie die Küste. Kai fuhr den Jeep nahe an die steile Felskante heran, und sie stiegen aus. Die Aussicht war grandios. Tief unter ihnen, am Fuß der Klippen, schäumte die Brandung, und nach beiden Seiten hin türmten sich die Zacken des Randgebirges. Kai atmete auf.

„Knapp war's, Jana, verdammt knapp. Doch auch hier können wir nicht lange bleiben. Wir müssen weg, raus aus der Region!"

Jana nickte, dann stieß sie ihren Freund an.

„Schau mal, da draußen!"

Kai folgte ihrer Hand und sah im Dunst des Meeres die Silhouetten zweier silbergrauer Schiffe, in deren Nähe ein schwärzliches Ungetüm mit einem Kran emporragte. Kai holte sein Fernglas und schaute lange hin. Er war sehr aufgeregt.

„Jana, das sind amerikanische Kriegsschiffe, und daneben liegt ein Bergungsschiff! Was wollen die hier? Das ist doch kein Zufall! Da ist doch irgend etwas! Nur was?"

Er lief wieder zum Jeep und riß seine Kamera aus dem Futteral.

„Schnell noch ein paar Fotos, so gut es geht, und dann weg! Beraten wird später. Ich rufe heute abend noch meinen Vater an, und dann werden wir sehen. Los, Jana, rein in unseren Rolls Roys!"

Sie orientierten sich auf ihrer Karte und wählten einen nördlichen Weg, um Callio herum. Bald fuhren sie durch eine wilde, fast unberührte Landschaft. Als sie den Jeep nach etwa zwanzig Kilometern in Richtung Süden wendeten, kamen sie am Dorf des Schäfers Lopez vorbei. Von weitem sahen sie seine Hütte, die aber verlassen wirkte. Sie hatten nicht die Zeit, nachzuschauen. Es war ihnen klar, daß es viel schwieriger sein würde, aus der Region heraus- als in sie hineinzukommen, aber ihnen kam zugute, daß sie die Tour bis ins kleinste vorbereitet hatten. Sie hatten es eilig, die Grenze noch vor dem Dunkelwerden zu passieren, da ein Fahrzeug mit eingeschalteten Scheinwerfern auf abgelegenen Wegen auffallen mußte. Es gelang, auch wenn es lange dauerte. Am frühen Abend waren sie wieder auf dem Berg, von dem aus sie am Morgen die Hauptstraße beobachtet hatten. Sie hielten an und sahen hinab. Viele Polizisten blockierten die Straße, und eine Baracke war aufgebaut worden. Weit und breit sah man kein Fahrzeug mehr.

Noch einige Kilometer über Stock und Stein, dann hatten sie es geschafft. Hinter einer Kurve lenkten sie den Jeep auf die Hauptstraße und fuhren etwa eine halbe Stunde lang durch das Tal, bis sie wieder auf die Küstenroute einbogen. Schon bald näherten sie sich den Ferienstränden und sahen am Horizont den hellen Schein der Touristenmetropole. Gegen acht kamen sie an. Viele Menschen promenierten auf den Boulevards, bummelten in den Gassen der Altstadt oder saßen unter den Markisen der Cafés. Sie waren sorglos, fröhlich und entspannt nach einem sonnendurchglühten Tag am Meer. Sie warteten auf ein Erlebnis, sie waren geil auf ein Abenteuer. Musik tönte aus vielen Boxen. Der Hit des Sommers, sinnlich, aufpeitschend und voller Erotik. Junge Leute lagen betrunken am Strand. Man mußte sich ja einfach vergessen...

Kai und Jana parkten den Jeep, gingen ins Hotel und drückten dem Portier den Autoschlüssel mitsamt einem Trinkgeld in die Hand. Sie duschten gründlicher als sonst, zogen frische Sachen an und trafen sich nach einer Stunde auf der Terrasse. Aus der Speisekarte wählten sie ein gutes Menü, denn sie hatten seit dem Frühstück nichts zu sich genommen. Nach dem Essen bestellten sie Kaffee. Der Abend würde lang werden. Es gab viel zu bereden.

Pablo Crusis fuhr wie immer morgens mit seiner Vespa zur Arbeit. Als er sich der Markthalle näherte, sah er, daß Ungewöhnliches passiert sein mußte, denn die Kumpels standen in Gruppen beisammen, und niemand begann zu arbeiten. Bald wußte Pablo, warum. Die Halle war fast leer, Callio hatte nicht geliefert, und von dort kam ja das meiste Obst und Gemüse. Alle wunderten sich, und die Gerüchte schwirrten. Jetzt wartete man auf das Schiff vom Festland, von dorther sollte heute noch eine zweite Ladung eintreffen.

Viel schlimmer jedoch und geradezu fürchterlich war eine ganz andere Nachricht: in der letzten Nacht war ihr Kamerad Hernando Martinez tot aufgefunden worden! Erschlagen worden sei er, berichtete einer, der es genau wußte, auf der Straße, in einer dunklen Ecke, gestern abend, als er nach einigen Überstunden mit reichlich Geld in der Tasche habe nach Hause wollen. Ein Überfall, ein Raubmord. Irgendwelche Rowdies, vielleicht sogar Touristen, man sei heute ja nirgendwo mehr sicher. Die arme Frau, die armen Kinder! In zwei Tagen sei die Beerdigung, sie bekämen frei, er habe den Chef schon gefragt. Alle standen bestürzt herum, sie wußten nicht, was sie machen sollten. Der Chef erschien und sagte, sie sollten heimgehen und in zwei Stunden wiederkommen. Dann gebe es zu tun. Pablo konnte es nicht fassen. Hernando war zwar nicht sein Freund gewesen, aber er hatte ihn gut gekannt. Er stammte aus seinem Nachbardorf, und oft hatten sie früher gegeneinander Fußball gespielt und danach beisammen gesessen. Auch seine Frau, die Maria, kannte er, sie war aus demselben Dorf. Er nahm sich vor, sie heute noch zu besuchen.

Als er am Abend im engen Treppenhaus zu ihrer Etagenwohnung emporstieg, roch es schal. Er schellte an der Tür, und Maria öffnete. Pablo umarmte sie, ohne ein Wort zu sagen. Sie sah blaß aus. Pablo ging mit ihr in die Küche und bemerkte, daß sie nicht allein war, denn am Fenster stand ein Mann, ein außerordentlich groß gewachsener, athletischer Mensch mit schwarzem, welligen Haar. Es mußte der ältere Bruder von Maria sein, von dem Pablo irgendwann einmal gehört hatte. Als sie sich am Tisch gegenüber saßen, begann die junge Frau zu weinen. Ihr Bruder schaute sie an, und seine Miene verfinsterte sich. Er sagte aber nichts. Nach einiger Zeit begann Maria zu erzählen, und es hörte sich ganz anders an als das, was Pablo am Morgen erfahren hatte. Sie habe ihren eigenen Verdacht, meinte Maria. Den halben Tag sei die Polizei bei ihr gewesen und habe ihr erklärt, wie ihr Mann überfallen worden sei. Aber sie glaube es nicht. Sie wüßte es besser.

„Hernando war ein Grüner, Pablo, du weißt es, und er sollte bald ins Parlament. Er war immer unterwegs, besonders in der letzten Zeit, nachdem die Gerüchte aus Callio kamen. Er hatte es mit den Lebensmitteln, da war er ganz verrückt. Und die Fleischfabrik, da wurde er richtig aufgeregt, wenn er davon redete. Da würde schwer gesündigt, sagte er, da müsse man höllisch aufpassen. Und vor einigen Tagen ist er in den Betrieb von den Kauners gegangen und hat gefragt, ob sie immer noch Fleisch aus Callio verarbeiteten, er habe so etwas gehört. Ob er mal in den Computer sehen dürfe. Er sei von der Grünen Partei, und er wolle sich überzeugen. Die Büroangestellte hat dann den Juniorchef geholt, und der hat einen Anfall gekriegt. Er hat Hernando mit Fäusten geschlagen und ihn rausgeworfen. Hernando hat dann gerufen, daß die Sache so nicht zu regeln sei, und hat gedroht, daß er ihn anzeigen werde. Ich will nichts behaupten, Pablo, aber ich kenne die Kauners, meine Schwester hat dort einmal gearbeitet. Und viel besser noch kennt sie mein Bruder. Nicht wahr, Henrico?"

Der Bruder nickte.

„Ich habe der Polizei gesagt, daß Hernando ein Opfer seiner Hartnäckigkeit geworden ist. Die Kauners sind mächtig, sie können alles, so habe ich gesagt. Da sind die Beamten wütend geworden. Das sei völlig undenkbar, das sei eine ungeheure Beschuldigung, haben sie geschrien. Sie dürften das gar nicht gehört haben, sonst müßten sie mich verhaften, auf der Stelle. Ich habe geschwiegen, und dann sind sie gegangen. Aber ich habe meinen Verdacht."

Maria, die mit Mädchennamen Santana hieß, senkte den Kopf und begann wieder zu weinen. Ihr Bruder lehnte sich zu ihr hinüber und strich ihr mit seiner riesigen Hand übers Haar. Dann nahm er wie gedankenlos eine hölzerne Pfeffermühle, die auf dem Tisch stand, umspannte sie mit seiner Rechten, drehte sie hin und her, und plötzlich zerbrach er sie mit einem einzigen Ruck. Alle zuckten zusammen, auch er selbst. Er schaute Pablo und seine Schwester verlegen an. Maria nahm seine Hand und fragte, ob er sich verletzt habe. Dann gab sie ihm einen Kuß. Eine Weile noch sprach Pablo mit ihr, dann verabschiedete er sich. Maria begleitete ihn zur Tür und bedankte sich bei ihm. Er wünschte ihr alles Gute und sagte, daß er und die Kollegen ihr helfen würden. Beim Hinausgehen blickte er noch einmal zurück. Der Bruder saß immer noch am Tisch und starrte vor sich hin.

Pablo ließ seinen Roller an. Er war durcheinander nach all dem, was heute passiert war. Da stimmte vieles nicht, da war alles verdächtig. Hernando hatte recht gehabt, keine Frage. Es war höchste Zeit, sich wieder mit dem Deutschen zu treffen, mit diesem Kai, mit dem wollte er über alles reden. Morgen noch, morgen würde er zu ihm fahren.

Im Mietshaus stellte er seine Vespa in den Flur, ging in sein Zimmer hinauf, legte sich aufs Bett und steckte sich eine Zigarette an. Mit einem Male fiel ihm ein, daß Marias Bruder Chauffeur war. Chauffeur beim alten Kauner.

Die Ereignisse eskalierten. Die Regierung gab im Fernsehen und im Rundfunk durch ihren Sprecher bekannt, daß in der Stadt und der Region Callio im Nordwesten der Insel eine unbekannte, doch wenig beängstigende afrikanische Seuche ausgebrochen sei.

Um trotzdem jegliche Gefährdung für die Bevölkerung und besonders für die Touristen auszuschließen, treffe die Regierung folgende Maßnahmen:

1. Die Region Callio werde für alle Bewohner außerhalb des Gebiets gesperrt, bis der Erreger der Krankheit isoliert und die Gefahr einer Ansteckung oder Verbreitung gebannt sei.

2. Die Region werde unter Quarantäne gestellt. Niemand dürfe sie ohne Genehmigung betreten oder verlassen.

3. Nahrungsmittel gleich welcher Art aus der Region dürften nicht in den Handel gebracht oder verzehrt werden.

4. Die Versorgung der Region werde durch die Regierung übernommen.

5. Den Anordnungen sei Folge zu leisten. Zuwiderhandlungen würden streng bestraft. Im Notfall werde von der Schußwaffe Gebrauch gemacht.

6. Die Anordnungen seien in Absprache mit der Staatsregierung auf dem Festland getroffen worden.

7. Es gebe nicht den geringsten Grund zur Sorge, da nur die Region Callio betroffen sei und die Maßnahmen dafür sorgen würden, daß die Bewohner der Insel und vor allem die Touristen in keiner Weise bedroht seien und völlig unbesorgt wie bisher leben und sich erholen könnten.

8. Der Präsident selbst überwache alle Maßnahmen.

Kai und Jana hatten die Neuigkeit im Rundfunk gehört, und sie konnten es kaum glauben. Auch Pablo hatte es mitbekommen, als er sich am späten Nachmittag mit seiner Vespa aufmachte, um die beiden zu treffen. Er hatte sich per Telefon bei ihnen angemeldet, und trotz des dichten Verkehrs war er zur verabredeten Zeit am Hotel. Er sah Kai und Jana auf der Terrasse, die für die beiden so etwas wie eine Planungs- und Aktionszentrale geworden war, und sie begrüßten sich wie alte Freunde. Kai bestellte Kaffee, und dann gab es nur noch ein Thema. Sie waren sich einig, daß eine Riesenschweinerei im Gange sei und daß die Regierung die Menschen belüge wie nie zuvor. Mit welcher Raffinesse allerdings! Pablo mußte nun alles loswerden, und als er ihnen von Hernando erzählte, war Kai entsetzt und wurde danach so laut, daß Jana ihn anstieß, obwohl kaum jemand auf der Terrasse war. Sie überlegten. Was konnte man tun? Wie sollte man die ahnungslosen Leute ringsum aufklären, wie ihnen die Wahrheit sagen? Pablo warnte sie. Sobald sie so etwas auch nur im kleinsten versuchten, sagte er, würden sie jemanden am Hals haben, jemanden von der Geheimpolizei vermutlich, und die sei nicht zimperlich.
Kai sah ihn und Jana an.
„Wir müssen es trotzdem veröffentlichen, und zwar in der Presse! Aber nicht in der hiesigen, Pablo, klar, das wäre halber Selbstmord und auch gar nicht möglich. Ich muß es zu Hause probieren. Material habe ich genug, auf der Festplatte ist so einiges gespeichert. Wir waren fleißig, nicht wahr, Jana?"
Die Freundin nickte, und ihre Augen blitzten.
„Ich rufe meinen Vater an, das hatte ich sowieso vor. Ich hab' Jana schon von ihm erzählt. Er war früher ein ziemlich bedeutender Journalist, bei einem Magazin in Hamburg. Da lebt er auch heute noch, kohleträchtig und als Rentner. Er wird sich freuen, wenn ich mich melde."
Pablo zuckte die Achseln.
„Wie du meinst, Kai. Aber ich sage dir, laß die Finger davon! Verbrenn' dich nicht!"
Sie diskutierten, redeten aufeinander ein, wurden dann ruhiger und bestellten eine Flasche Wein. Die Terrasse füllte sich, doch nach einiger Zeit gingen viele Gäste zu den lokalen Abendnachrichten in den Fernsehraum. Kai, Jana und Pablo folgten ihnen. Sie waren gespannt. Doch kaum Neues aus Callio. Ein Arzt wurde interviewt und erzählte etwas von Viren und Bazillen, aber man beherrsche die Lage, und die

Maßnahmen der Regierung zeigten Wirkung. Dann wurde das Gemüseschiff gezeigt, wie es im Hafen anlegte und gelöscht wurde. Plötzlich fuhr Pablo hoch, und zwar so heftig, daß einige im Raum sich umdrehten. Die Sprecherin verkündete, daß heute ganz unerwartet der Fleischfabrikant Herbert Kauner verstorben sei. Er sei tot im Swimmingpool seiner Villa aufgefunden worden. Vermutlich habe er beim Schwimmen einen Kollaps erlitten und sei ertrunken, so jedenfalls habe sein Arzt es am Nachmittag den Behörden mitgeteilt. Zum Schluß die Wettervorhersage.

Pablo war wie vor den Kopf geschlagen, und seine Gedanken kreisten. Er schaute immer noch auf den Fernseher. Als Kai und Jana ihn fragten, ob er diesen Kauner kenne, wehrte er ab.

„Später, vielleicht später", murmelte er.

Kai stand auf und entschuldigte sich, er wolle telefonieren. Vom Portier ließ er sich ein Handy geben, setzte sich in eine Ecke im Foyer und wählte Hamburg an. In diesem Augenblick erschien Silke auf der Terrasse. Sie war betrunken. Sie kam von der Straße her, und neben ihr ging ein junger, schwarzhaariger Bursche. Wirr hingen ihr die Locken in die Stirn, ihre Augen waren gerötet, und etwas unsicher steuerte sie auf einen der Tische zu. Sie trug ein T-Shirt und einen engen Minirock. Ihr Gesicht verzog sich, als sie Pablo und Jana sah, die gerade aus dem Foyer kamen. Pablo drehte sich weg, während Jana sie begrüßte. Silke legte ihre Arme um die Freundin und flüsterte ihr etwas zu. Dann setzte sie sich ihrem Begleiter auf den Schoß und begann ihn abzuknutschen. Jana ging an den Ecktisch zu Pablo.

„Ich denk' mal, sie will dich anmachen, Pablo. Sie ist immer noch verknallt in dich."

„Ist mir egal, soll sie doch. Ich bin kein Boy for fun, und ich renne ihr auch nicht hinterher!"

„Ich glaub', sie hat 'nen Psycho. Ihr ist kotzelend vor lauter Sex und Liebe."

Der Schwarzhaarige schaute zu ihnen herüber. Pablo sah ihn verächtlich an.

„Ein Lover von hier, von der Insel. Ich kenn' ihn aber nicht."

Kai kam zurück.

„Leute, jetzt wird's spannend. Ich hab' Sachen von meinem Alten gehört, das gibt's nicht!"

„Spuck's aus, Kai!"

„Ich verschone euch mit dem Familiengeschmuse. Gleich zur Sache, und da brennt der Wald! Stellt euch vor, mein Alter wußte etwas aus der Vorzeit, das die meisten Leute nie gecheckt oder schnell vergraben haben. Für mich war's neu wie 'ne frische Braut."

Jana und Pablo lehnten sich vor.

„Ihr werdet's kaum für möglich halten. Ich habe meinem Vater erzählt, was hier abläuft, was wir gesehen, gehört und erlebt haben und was für einen Verdacht wir haben. Da war er gleich lebendig. Und beim Stichwort ‚radioaktiv' hat es nach kurzer Zeit bei ihm gefunkt, da rastete es bei ihm ein. Vor vierzig Jahren ungefähr, während des Kalten Krieges, so hat er sich erinnert, da hätten die Amis bei einem Manöver nicht weit von hier, bei der Stadt Palomares an der Festlandküste, einige Wasserstoffbomben verloren."

Kai machte eine wirkungsvolle Pause und nahm einen Schluck Wein. Pablo und Jana starrten ihn an.

„Wie viele, das hat man nie erfahren. ‚Broken Arrow' hat man die Chose damals genannt, und sie hätte zu einer Katastrophe ohnegleichen führen können, wenn die Dinger hochgegangen wären. War aber nicht. Trotzdem, sagte mein Alter, gäb's gefährliche Alternativen. Damals seien Leute evakuiert worden, alles Obst und Gemüse wurde vernichtet. Ebenso heimlich wie heftig seien die Bomben gesucht und schließlich auch gefunden worden. Und dann war wieder Friedhof. Aber ob nicht eine der Bomben damals hier in der Nähe der Insel heruntergekommen sein könnte? Nie entdeckt und nie geborgen? Und jetzt, nach vielen Jahren, beginne sie womöglich zu strahlen! Alles nur vage, alles nur Theorie, sagte mein Alter, aber doch nicht undenkbar..."

Jana und Pablo sahen Kai mit großen Augen an.

„Nie gehört und nie gewußt." Sie sagten es fast gleichzeitig.

„Ich doch auch nicht! Zu spät geboren oder so was, nicht wahr?"

„Wenn das mit der Bombe stimmt, das wäre ja ungeheuerlich! Das wäre der absolute Hammer!"

„Kann man so formulieren, ja."

„Und was hat dein Vater dazu gemeint, daß wir hier total geschockt sind, daß wir an die Presse gehen und die große Glocke läuten wollen?"

„Milde ausgedrückt, er hat mir abgeraten. Vorsicht bei so etwas, hat er gesagt. Besonders fern der Heimat. Wenn, dann sollte ich erst nach Hause kommen, überlegen, noch mal recherchieren, und dann vielleicht zuschlagen. Aber gefährlich sei es, und heikel, zumal die Sache nicht so leicht zu beweisen sei."

Jana sah ihn zweifelnd an.

„Und du meinst, daß es so ist, wie dein Vater es dir erzählt hat? Daß da was im Meer liegt, und daß alles von daher kommt?"

„Möglich, sage ich, möglich. Denk' an die Schiffe, Jana!"

„Vielleicht nur Zufall."

„Jana, Pablo, wir müssen dranbleiben! Wir müssen weitermachen. Habe ich das nicht schon irgendwann mal gesagt? Ich jedenfalls tue es, sonst kann ich mich nicht mehr leiden."

Jana nahm seine Hand. „Ich schon", meinte sie.

Zuletzt hatte Kai sehr laut gesprochen. so daß Silkes Begleiter, der weniger betrunken zu sein schien als sie, öfter zu ihnen hinübergesehen hatte. Kai holte seine Fotos aus dem Zimmer und zeigte sie Pablo. Sie redeten eifrig aufeinander ein. Schließlich kamen sie auch wieder auf Hernando zu sprechen, und Pablo verriet, was ihm die Witwe, die Maria, gesagt hatte. Kai und Jana hörten gespannt zu.

„Wie? Sie verdächtigt einen gewissen Kauner? Wurde nicht eben im Fernsehen gemeldet, daß der tot sei? Von dem wolltest du uns doch noch etwas sagen!"

Jetzt mußte Pablo berichten, und Kai pfiff durch die Zähne.

„Hernando ist also der, durch den du zuerst von der radioaktiven Verstrahlung gehört hast, nicht wahr? Mensch, da paßt ja eins zum anderen, da greift ein Rädchen ins nächste. Unglaublich, was hier zur Zeit abläuft!"

Pablo wischte sich die Stirn. Er sah den Deutschen an, und wieder wurde ihm klar, wie recht Hernando gehabt hatte, und es tat ihm leid, dem Arbeitskameraden so wenig geglaubt zu haben. Silke war inzwischen mit ihrem Boy verschwunden. Jana ging nach einer Weile ins Hotel hinauf, um sich ein wenig frisch zu machen und ihren Pullover zu holen, denn auf der Terrasse war es kühl geworden. Sie war vor einigen Tagen schon in Kais Zimmer gezogen. Als sie mit dem Pulli in der Hand wieder auf dem Flur war, hörte sie Geräusche. Sie kamen aus Silkes Zimmer. Das Strandhotel war kein Haus der Luxuskategorie mit schallisolierenden Türen und Vorfluren, und so vernahm Jana deutlich die ewig gleichen Laute der körperlichen Liebe, ein helles, rhythmisches und ein tiefes, gutturales Stöhnen. Sie stahl sich davon und kehrte zur Terrasse zurück, wo Kai und Pablo erregter noch als zuvor diskutierten.

Die Ereignisse überschlugen sich. Dr. Mendoza hatte mehrfach bei seinem Bekannten, dem Arztfunktionär in der Hauptstadt, angerufen, aber der hatte sich nicht gemeldet. Verleugnete er sich? Er selbst erstickte fast im Streß. Fast ununterbrochen war er im Einsatz. Tag und Nacht wurden Patienten eingeliefert. Die Zahl der Betten reichte nicht, obwohl viele der Kranken nicht überlebten. Die Sargtischler arbeiteten ohne Unterlaß. Sehr oft erklangen die Glocken.

Juanita, die kleine Tochter des Schäfers Lopez, starb zu Hause. Ihr Vater nahm sich vier Tage später das Leben. Man fand ihn in seiner Scheune, an einem Strick. Gemerkt hatte man es erst, als die Schafe so jämmerlich blökten, weil sie nicht mehr gemolken wurden.

Viele Villen der Residenzer, die im Nordwesten lebten, waren nicht mehr bewohnt. Ihre Besitzer hatten sie verlassen. Die letzten hatten eine Gebühr zahlen müssen, um die Ausreiseerlaubnis zu bekommen. Einige der Häuser wurden zum Kauf angeboten. Aber niemand interessierte sich dafür.

Frau Robles sah aus, als schliefe sie. Ihre Wirtschafterin erschrak, als sie ihr das Frühstück ans Bett bringen wollte, denn sie hatte noch nicht damit gerechnet. Die Herrin erschien ihr schöner denn je. Schon immer hatte sie ihr Aussehen bewundert, aber jetzt war es vorbei damit. Auch sie würde zu Staub zerfallen.

Ein leerstehender Bungalow in der Nähe von Callio war in die Luft gesprengt worden. Niemand wußte, von wem, und keinen kümmerte, warum. Es war die Villa eines Sexfilmproduzenten. Der Besitzer hatte das Haus mitsamt seinem Troß längst verlassen, denn es war bei den Filmaufnahmen zuletzt reichlich merkwürdig zugegangen. Die Darsteller, wenngleich mit allen pornopraphischen Wassern gewaschen, hatten zu versagen begonnen. Den wohlgestalteten Herren hatte keine Erektion mehr gelingen wollen, und ihren überaus reizvollen Partnerinnen war jegliche Lust abhanden gekommen, sich mit ihnen in welchen Stellungen auch immer zu paaren. Beiderseits war die Libido erloschen, und alles schauspielerische und technische Talent hatte nicht ausgereicht, etwas vorzutäuschen, was nicht mehr vorhanden war. Aphrodisiaka, Viagra, Drehpausen, nichts hatte geholfen, und statt ganz anderer Dinge hatte sich Resignation breit gemacht. Weil zudem Gerüchte über eine Epidemie umliefen und ihm von der Polizei ein Verbot gewisser sexueller Praktiken zugestellt worden war, hatte der Produzent die Flucht ergriffen.

Die wenigen, die aus der nordwestlichen Region heraus durften, mußten ein Dokument unterschreiben, in dem zu lesen stand, daß sie weder der Presse noch irgend jemandem anderen etwas zu erklären hätten. Sie hielten sich daran. Es fiel ihnen nicht schwer, weil sie ohnehin wenig von dem wußten, was in Callio geschah.

Das Krankenhaus der Provinzstadt war völlig überfüllt. Auf den Parkplätzen waren Baracken und Zelte aufgeschlagen worden, und vom Festland her waren Ärzte eingeflogen worden. In den Fluren des düsteren Gebäudes sah man Elendsgestalten. Manche von ihnen waren gar nicht alt, doch sie glichen Greisen.

Dr. Mendoza war bestürzt, als Luis Macado, der beste Fußballspieler der nordwestlichen Region, in seine Praxis kam. Er hätte nicht gedacht, daß dieser erstklassige Sportler, dieser Ballkünstler, der ebenso durch seine spielerische Perfektion wie auch durch seine enorme Physis und Kondition bestach, jemals erkranken würde. Der Arzt hatte ihn oft bewundert. Jetzt mußte auch er behandelt werden, und es stand nicht gut um ihn.

Allessandro Caneri verließ das Krankenhaus der Inselhauptstadt. Ein Schwarm von Journalisten und Fotografen empfing ihn am Ausgang des Hospitals. Es gehe ihm besser, sagte der Star, und er werde jetzt in die Schweiz fliegen, um sich zu erholen. Eine ältere Dame, eine Verwandte aus Callio, werde ihn begleiten.

Ganz überraschend wurde der Schriftsteller Carlos Armendez in seiner Wohnung nahe dem Regierungsviertel tot aufgefunden. Er habe Selbstmord begangen, hieß es, mit einer Überdosis Tabletten.

Herbert Kauner war in seiner Villa aufgebahrt worden. Der offene Sarg stand mitten im Salon und versank in einem Meer von Kränzen und Blumen. Das bleiche, fleischige Gesicht des Millionärs war eingefallen, es wirkte gütig und entspannt. Hatte der Verstorbene im Tod seine Ruhe gefunden? Sein Sohn war anderer Meinung. Er hatte die Polizei eingeschaltet.

Der Nordwesten der Insel wimmelte von Uniformierten. Sie trugen weiße Umhänge und Masken. Einige von ihnen schafften in Lastwagen ähnliche Kleidungsstücke und Nahrungsmittel heran. Sie brachten sie in die Häuser.

Die Region war abgeriegelt. Es gab keine Straße, die nicht kontrolliert, keinen Feldweg, der nicht bewacht wurde. Jedes Haus wurde beobachtet, und jeder Bewohner war registriert. Man hoffte, diese Krankheit, diese afrikanische Seuche, bald zu besiegen.

„Für diese Sache brauche ich Ihren besten Mann, Jimenez! Den allerbesten!"

Oberst Gintero sagte es scharf und schneidend. Wer würde wagen, ihm zu widersprechen? Jimenez, Abteilungsleiter im Kriminalressort, saß seinem höchsten Vorgesetzten in dessen Büro gegenüber, und er beeilte sich, ihm zu Diensten zu sein.

„Mein bester Mann ist Vargas. Ja, Vargas, Herr Oberst. Vielleicht kennen Sie ihn?"

„Nicht daß ich wüßte. Ich kann mich nicht um jede Kleinigkeit kümmern, verdammt noch mal!"

Jimenez duckte sich. Der Oberst fuhr fort.

„In dieser Sache, mein lieber Jimenez" - Gintero schwieg eindrucksvoll - „der Sache Kauner nämlich, geht es um mehr als nur um einen schlichten Mordverdacht."

Jimenez nickte.

„Zum einen ist oder, besser gesagt, war Kauner ein bedeutender Mann auf der Insel."

Jimenez bestätigte es.

„Vor allem aber, werter Herr Kriminalrat, ist nicht auszuschließen, daß er" - Gintero sprach leiser - „daß er sterben mußte, weil er in das Problem Callio verwickelt war. Sie wissen schon, in diese Seuchengeschichte."

Jimenez schaute nachdenklich. Der Oberst fuhr fort.

„Der Sohn des Toten hat den Präsidenten angerufen, und der nimmt die Sache ernst. Kurz und gut, setzen Sie sofort diesen Vargas auf den Fall an! Geben Sie ihm die beste Mannschaft und statten Sie ihn mit allem aus, was er braucht! Keine Knauserei bei den Spesen!"

Jimenez seufzte.

„Wir sind knapp, Herr Oberst."

„Firlefanz. Sehen Sie zu! Notfalls greifen Sie in den Sonderfonds. Und ich möchte, daß Sie täglich berichten, meine Sekretärin ist präsent. Schluß jetzt, Jimenez, und viel Glück. Ich habe verdammt viel zu tun, das können Sie mir glauben!"

Der Kriminalrat stand auf, verbeugte sich und ging. Zurück in seinem Büro, ließ er Kommissar Vargas kommen und erteilte ihm den neuen Auftrag. Der hatte schon einiges geahnt. Er hatte die Zeitung gelesen und sofort bezweifelt, daß der Fabrikant ertrunken sein sollte, und er hatte sich schon gedacht, daß einige Leute sehr daran interessiert sein könnten, Kauner nicht mehr unter den Lebenden zu wissen.

Ohne weiter zu fragen erhob er sich, versprach, seine Pflicht zu tun, und saß bald darauf wieder an seinem Schreibtisch. Seit der Chef ihn von der Sache Robles entbunden hatte, war ihm vieles durch den Kopf gegangen. Unter seinen Kollegen waren zwei, die den Kauner vor einiger Zeit verhört hatten, doch er hatte die Leute nicht sprechen können. Viele waren ohnehin nicht mehr da, sie taten Dienst in Callio und Umgebung. Was war dort los? Man hörte nichts, man sah nichts, niemand sagte etwas. Wer hatte diesen Robles umgebracht? Der Kollege, der den Fall übernommen hatte, war ebenfalls nach Callio versetzt worden. Gab es eine Verbindung zu Kauner? Er überlegte noch eine Weile, dann listete er alle Personen auf, die irgendwie mit Kauner zu tun gehabt haben könnten, fuhr zur Fleischfabrik und stand schon bald vor dem Sohn des Verstorbenen, einem untersetzten Mann mit kurzem Hals und rotem Gesicht, der ihn mit fahrigen Bewegungen begrüßte. Er nötigte ihn zur Sitzecke seines weiträumigen Büros und überschüttete ihn, kaum daß er sich niedergelassen hatten, mit Vorwürfen und Verdächtigungen. Er hielt ihm vor, daß sich die Polizei nicht rechtzeitig und energisch genug um den Vater gekümmert habe, obwohl der in letzter Zeit ständig bedroht worden sei. Ihm selbst gehe es im übrigen kaum anders. Noch kürzlich sei wieder so ein Verrückter in seine Fabrik gestürmt und habe ihn beschimpft und beleidigt. Zuerst sei er völlig perplex gewesen, dann habe er nicht lange gezögert und ihn aus dem Büro gejagt.

„Kannten Sie den Mann?"

„Natürlich! Der hat doch schon meinen Vater mit seinen Spinnereien belästigt! Den hat auch mein Vater schon rausgeschmissen, diesen grünen Idioten!"

„Wissen Sie, wie er heißt?"

„Martinez, glaube ich, ja, Martinez."

„Hernando Martinez?"

„Kann sein."

Vargas sah Kauner scharf an, dann zeigte er ihm die Liste. Der studierte sie, wußte aber wenig damit anzufangen.

„Die meisten kenne ich. Es sind Kunden und Lieferanten, dazu einige private Bekannte meines Vaters. Aber was soll das? Hier steht der Name Robles. Ein Tierarzt aus Callio, soviel ich weiß. Von dem sprach der Vater einmal mit Hochachtung. Aber sonst?"

„Haben Sie einen konkreten Verdacht? Könnten Sie Leute nennen?"

Kauner wirkte unschlüssig.

„Nein, nicht direkt. Aber ich weiß, daß mein Vater Feinde hatte. Er ist nicht ertrunken! Er war ein guter Schwimmer, und er war gesund. Ich bleibe dabei, daß er umgebracht wurde, und ich fordere Sie auf, die Sache unverzüglich aufzuklären. Ich werde von höchster Stelle unterstützt, das sollten Sie wissen!"

Kauners Stimme begann zu vibrieren, und Vargas zog es vor, sich zu verabschieden.

„Eine letzte Frage noch, Herr Kauner."

„Bitte?"

„Hatten Sie Ihrem Vater gesagt, daß dieser Martinez in die Fabrik eingedrungen ist und Sie bedroht hat?"

„Ja sicher! Und mein Vater hat sich fürchterlich aufgeregt, fast mehr als ich, das können Sie mir glauben!"

Vargas gab ihm die Hand.

„Wir werden unser Bestes tun, Herr Kauner. Sie hören von uns."

Der Kommissar verließ das Büro des Fabrikanten und fuhr zurück ins Polizeipräsidium. An seinem Schreibtisch nahm er sich das Protokoll zum Fall Martinez vor, dem jüngsten Tötungsdelikt in der Hauptstadt. Raubmord auf offener Straße? Er glaubte es nicht. Kauner jr. schien nicht zu wissen, daß Hernando Martinez nicht mehr lebte. Vargas ließ einen Wagen kommen, wählte drei Leute aus und startete mit ihnen in Richtung Nordosten. Ihr Ziel war die Villa des toten Kauner. So gut es ging, wichen sie auf ihrer Fahrt den Zentren des Tourismus aus, sie benutzten Umgehungsstraßen und kreuzten nur selten die Wege der Urlaubermassen. Nach etwa zwei Stunden näherten sie sich dem einsam gelegenen Anwesen, dessen Mauer von weitem schon durch das Grün der Pinien und Steineichen leuchtete. Sie parkten vor dem Tor und läutcten. Der Butler öffnete, ließ sich mit bitterer Miene die Ausweise zeigen und bat sie hinein. Als die Beamten eintraten, umfing sie das Flair einer Leichenhalle, denn der verblichene Fabrikant lag noch im kühlen Salon seines Hauses, bevor er in zwei Tagen beerdigt werden sollte. Vargas starrte auf den Verstorbenen, dann sagte er dem Butler, daß er hinausgehen solle. Als er weg war, trat er an den Sarg heran, schob das Totenhemd beiseite und betrachtete die nackten Schultern des Leichnams. Er nickte, brachte alles wieder in Ordnung und ging durch die große Glastür in den Garten. Seine Männer folgten ihm. Ein wenig entfernt von der Terrasse, mehr im Hintergrund, sahen sie den Swimmingpool. Vargas überquerte den Rasen, setzte den Fuß auf die marmorne Einfassung des Bassins und umschritt die blaue, sich im leichten Wind kräuselnde Fläche. Größer als normal, stellte er fest, und von ungewöhnlicher, nierenähnlicher Form. An einer Stelle weiter hinten hing ein exotisches Gewächs über dem Pool, es berührte mit seinen Spitzen fast das Wasser. Vargas nickte wieder, wie zuvor am Sarg. Dann wandte er sich an seine Leute und forderte sie auf, sich mit ihm auf die Terrasse zu setzen.

„Ich denke, der Fall ist gelöst", meinte er, als sie es sich in den Korbsesseln bequem machten. Die Kollegen sahen ihn verblüfft an, während der Butler sich ein wenig vorsichtig näherte und fragte, ob er den Herren etwas servieren dürfe.

„Warum nicht," meinte Vargas, „bringen Sie uns Kaffee! Und dann möchte ich die Leute sprechen, die Angestellten des Verstorbenen. Ich hatte Ihnen ja schon am Telefon erklärt, daß alle hier sein sollten, wenn wir eintreffen."

Wieder waren die Kollegen erstaunt. Der Butler fragte, wer zuerst kommen solle.

„Die Köchin und der Gärtner."

Nach einer Weile erschienen die beiden auf der Terrasse. Vargas bot ihnen einen Platz an und fragte sie, wo sie gewesen seien, als Kauner ertrunken sei. In der Küche, antwortete die Köchin etwas ängstlich. Zusammen mit dem Butler übrigens, weil sie doch an jedem Morgen das Essen für den Tag planen müßten. Der Gärtner schloß sich sofort an. Irgendwo auf dem Grundstück sei er gewesen, sagte er, ganz hinten an den Rhododendren habe er gearbeitet, als der Butler laut geschrien habe, daß der Herr tot im Pool liege. Da sei er schnell herangelaufen und habe es gesehen, und er habe es wie die anderen gar nicht begreifen können. Gleich hätten sie dann den Arzt geholt, und dann hätten sie gemeinsam den Herrn aus dem Wasser gezogen, was aber nur möglich gewesen sei, weil der Santana so stark sei. Und der Doktor habe kurz danach festgestellt, daß der Herr ertrunken sei.

Vargas schickte die beiden weg und überlegte. Dann ließ er den Chauffeur kommen. Als der groß gewachsene Mann die Terrasse betrat, schauten die Polizisten ihn bewundernd an. Wieder redete nur Vargas.

„Nehmen Sie Platz, Santana!"

Der Butler brachte den Kaffee. Vargas stellte seine Fragen erst, nachdem er gegangen war.

„Sie waren vermutlich in der Garage, als es geschah, nicht wahr, Santana?"

Der Chauffeur sah den Kommissar etwas überrascht an.

„Ja."

„Die ganze Zeit hindurch?"

„Ja."

Und auch Sie liefen zum Pool, als Sie den Butler schreien hörten?"

„So war es."

„Zeigen Sie mir bitte einmal Ihre Hände!"

Die Kollegen blickten überrascht auf Vargas, während Santana ihm seine gewaltigen Arme entgegenstreckte. Vargas beugte sich vor, wartete einen Moment und sprach plötzlich sehr scharf und bestimmt.

„Santana, Sie lügen! Mit diesen Händen" - er faßte ihn an den Gelenken - „haben Sie vorgestern morgen Herbert Kauner im Swimmingpool ertränkt!"

Der Chauffeur sah ihn entsetzt an. Die Kollegen erschraken.

„Ich kann es beweisen. Am Körper des Ermordeten, an seinen Schultern, befinden sich Spuren von Ihren Fingern!"

Der Chauffeur senkte den Kopf.

„Sehen Sie hinüber, auf den Strauch dort!"

Vargas deutete auf das tropische Gewächs am Pool. Alle folgten seinem Blick.

„Unter den Zweigen dieser Staude haben Sie sich versteckt, Santana. Sie waren schon im Pool, bevor Ihr Chef zum Schwimmen kam. Als er ins Wasser stieg, tauchten Sie, und als er über Ihnen war, haben Sie ihn blitzschnell gepackt und zu sich hinunter gezogen. Sie haben ihn, auch als Sie hochkamen, um Luft zu schnappen, solange unter Wasser gedrückt, bis er erstickte. Obgleich er sich wehrte, hatte er gegen Ihre ungeheure Kraft keine Chance. Sie sind so stark, daß von all dem nichts zu hören und zu sehen war, Sie haben ihn völlig geräuschlos ins Jenseits befördert! Danach sind Sie zurück zur Garage geschlichen, haben sich angekleidet und gewartet, bis der Butler um Hilfe rief."

Der Riese saß da und sagte nichts.

„War es so, Santana?"

Der Chauffeur hob den Kopf. Dann flüsterte er fast.

„Ja, es war so. Ich gebe zu, daß ich Kauner getötet habe. Und ich bereue es nicht."

Es war für eine Weile still auf der Terrasse. Dann fragte Vargas:

„Warum haben Sie es getan, Santana?"

Der Chauffeur reckte er sich empor.

„Weil ich es mußte. Er hat den Mann meiner Schwester umgebracht! Und wir aus unserem Dorf, wir haben unsere Ehre!"

„Umgebracht? Wie denn?"

Er hat zwei Killer gedungen, die haben Martinez nachts auf der Straße erledigt. Sie müßten meine Schwester sehen, wie traurig sie ist. Dauernd weint sie, ich kann es nicht mehr ertragen. Außerdem war auch Hernando aus unserem Dorf."

„Woher wissen Sie das mit den Killern?"

„Glauben Sie, ein Chauffeur wüßte nicht, was sein Chef macht?"

Vargas wurde zornig.

„Beweise her, Beweise!"

„Ich habe ein Telefongespräch mit angehört, ohne daß der Chef es merkte."

„Warum haben Sie den Mord dann nicht verhindert?"

„Weil ich nicht geahnt habe, daß er mit dem ‚zu tötenden Objekt', so sagte der verfluchte Kauner, meinen Schwager meinte!"

„Ob das ein Beweis ist, Santana, das kann ich jetzt nicht sagen. Letztlich muß das auch das Gericht entscheiden. Ich nehme an, daß nur Sie das Gespräch belauscht haben, nicht wahr?"

„Ja."

„Und was denken Sie, warum Kauner Ihren Schwager umbringen ließ?"

„Weil Hernando wußte" - der Riese sprach sehr leise - „daß Kauner ständig radioaktiv verstrahltes Fleisch aus Callio in seiner Fabrik verarbeitet..."

Vargas sprang auf.

„Wußten auch Sie davon?"

„Nicht genau. Hernando hat es manchmal gesagt, und er hat sein Maul auch vor anderen nicht gehalten. Sonst würde er jetzt noch leben."

„Und Kauner auch, nicht wahr? Im übrigen stimmt überhaupt nicht, was Sie da von einer Verstrahlung faseln, Santana. Sie wissen doch, was unsere Regierung dazu erklärt hat."

Der Chauffeur zuckte die Achseln. Vargas war nicht ganz wohl, als er es sagte.

„Bevor wir gehen, noch zwei Fragen, Santana. Wußte Kauner, daß Sie mit Martinez verwandt waren?"

„Ich glaube nicht."

„Und noch eins. Hat Ihnen Ihr Chef denn nicht leid getan, als Sie ihn töteten?"

„Doch, schon. Aber die Ehre steht höher. Und meine Schwester ist mehr wert!"

Der athletische Mann blickte um sich. Dann stand er auf und ging mit den Beamten von der Terrasse aus durch den Garten zum Tor, ohne sich auch nur im geringsten zu sträuben oder sich gar zu wehren. Der Butler begleitete sie. Er ahnte nicht, daß sein Chef nicht ertrunken war, sondern ermordet wurde, und er verabschiedete sich von Santana genau so wie von den Polizisten. Als der Riese im Wagen saß, wandte sich einer der Leute draußen an Vargas.

„Das mit den Fingerspuren an Kauners Körper, Herr Kommissar, das war doch nur ein Trick, nicht wahr?"

Vargas nickte.

„Ja und nein, denn eine Kleinigkeit war da schon zu sehen. Aber Santana hätte auch so gestanden, da bin ich sicher."

Die Beamten stiegen ins Auto, fuhren ab und erreichten die Hauptstadt gegen siebzehn Uhr.

In Callio war es schlimmer geworden. Im Krankenhaus fielen Ärzte aus. Vom Festland her kam niemand mehr. Statt dessen sah man Mediziner aus Japan oder Korea in den überfüllten Fluren. Sie praktizierten auch in Zelten, Baracken und in Notaufnahmen, die auf den Wiesen hinter dem Hospital eingerichtet worden waren. Die Ärzte aus dem Fernen Osten seien besonders qualifiziert und widerstandsfähig, hieß es. Die Zahl der Patienten stieg von Tag zu Tag. Fast alle wiesen die gleichen Symptome auf. Ihnen war ständig übel, auf ihrer Haut entwickelten sich Pigmente, und an ihren Fingerspitzen bildeten sich Blasen. Sie bluteten aus Nase und Mund, wurden von Fieberschüben geschüttelt und erbrachen rötlichen Schleim.

Die Stadt sah aus wie ein Militärlager. Überall Jeeps und Lastwagen, aber auch gepanzerte Fahrzeuge, Spähwagen und leichtes Gerät. Leute in Schutzanzügen eilten hin und her oder lungerten auf Plätzen und an Straßenecken. Die Versorgung war gewährleistet. Nahrungsmittel, aber auch andere lebensnotwendige Dinge wurden von weiß Uniformierten wie seit längerem schon direkt in die Häuser geliefert. Alle Geschäfte, Lokale, die Behörden und alle Banken waren geschlossen. Zivil gekleidete Menschen sah man in der Stadt nicht mehr. Kein Kind spielte draußen, kein Hund bellte und kein Vogel sang. Die Bäume waren kahl, mitten im Sommer.

Auch Dr. Mendoza war gestorben. Bis zuletzt hatte er gekämpft, unermüdlich hatte er sich für seine Kranken geopfert. Man sagte, daß er vor seinem Tod versucht habe, den Kommandanten der Quarantänepolizei zu sprechen, nachdem die Stadtregierung nicht mehr zu erreichen war. Vergebens. Er starb qualvoll wie seine Patienten, als ob er innerlich verbrenne. Zum Schluß hatte er im Koma gelegen.

In den Schulen waren provisorische Krankenstationen eingerichtet worden. Der Unterricht fiel seit langem aus. Die Lehrer waren zu Sanitätern ausgebildet worden, und die Mädchen der älteren Jahrgänge arbeiteten als Hilfsschwestern.

An Medikamenten fehlte es nicht. Aber außer den Ärzten, die fast nur aus dem Ausland, vor allem aus asiatischen Ländern stammten, wußte niemand, welche Präparate gegeben wurden, und ebenso wenig war bekannt, wie sie dosiert wurden.

Veranstaltungen jeglicher Art, Theater, Film, Vorträge oder dergleichen gab es nicht mehr. Kein Volksfest wurde mehr gefeiert. Vereine schlossen ihre Häuser. Alle Fußballspiele und Sportwettkämpfe waren abgesagt.

Zeitungen erschienen nicht mehr. Nur über den Rundfunk und durch das Fernsehen erfuhren die Bewohner von der Außenwelt. Es lief das übliche Programm, Unterhaltung, Sport und Politik. Über Callio wurde nicht berichtet.

In der Stadt sah man fast nur noch die 'Weißen', die fremden Polizisten, die das Regiment übernommen hatten. Sie agierten wie Roboter. Sie sprachen kein Wort. Sie räumten auf, verteilten Nahrungsmittel, versorgten Alte und Hilflose, organisierten die Krankentransporte, bargen Leichen aus verlassenen Häusern, bedienten das Krematorium und halfen, die Verstorbenen zu beerdigen.

Neben dem Fußballstadion war ein zweiter Friedhof angelegt worden. Er war größer als der alte vor der Stadt. Jeden Tag sah man, daß Menschen beigesetzt wurden. Man munkelte, daß schon Klappsärge verwendet werden müßten.

Die Seuche wütete fürchterlich.

Pablo rief Kai Friedmann im Strandhotel an. Ob er interessiert sei mitzukommen, zu Maria, zu der Frau von Hernando. Heute noch, gegen Abend, wolle er zu ihr, um ihr das Geld zu bringen, das von den Kollegen gespendet worden sei. Kai sagte sofort ja und fragte, ob auch Jana dabei sein könne. Warum nicht, meinte Pablo. Sie sollten um sechs an der Kirche San Antonio sein, dort in der Nähe wohne die Maria. Kai versprach, pünktlich zu sein, und gegen 18 Uhr trafen sich die drei vor dem Portal der Basilika. Von da aus gingen sie die Vorstadtstraße entlang zum Haus der Witwe. Frau Martinez wirkte beherrscht, als sie die Tür zu ihrer Wohnung öffnete, und sie war nur wenig erstaunt, als sie Kai und Jana sah. Pablo gab ihr den Briefumschlag mit dem Geld der Kameraden, und sie begann zu weinen. Als sie am Tisch saßen, sagte Maria ihnen, daß sie nicht nur geweint habe, weil sie wegen der Spende gerührt sei und wieder an Hernando habe denken müssen, sondern vor allem, weil ihr Bruder gestern verhaftet worden sei und jetzt im Gefängnis sitze. Das war neu für Pablo. Morgen dürfe sie zu ihm, sagte sie dann, und sie bat Pablo, sie zu begleiten, weil ihr das Gefängnis nicht ganz geheuer sei. Pablo sagte zu. Der Chef werde ihm schon ein Stündchen frei geben, meinte er. Kai wollte dann von Maria wissen, ob ihr Mann mit anderen Grünen Verbindung gehabt hätte und was er noch von Callio erzählt habe. Pablo übersetzte, und sie erfuhren, daß Hernando sich früher oft mit Gleichgesinnten getroffen hätte, in letzter Zeit aber nicht mehr, da habe er niemanden mehr erreichen können. Zu Hause hätte er aber wenig von all dem berichtet. Er habe sie wohl nicht belasten wollen, meinte Maria, und sie weinte wieder. Jana nahm sie in den Arm und versuchte ihr gut zuzureden. Schließlich standen sie auf und verabschiedeten sich. Als sie auf der Straße waren, meinte Kai, auch er sei sehr gespannt, weshalb Marias Bruder verhaftet worden sei.

„Pablo, komm' morgen abend zu uns ins Hotel, dann erzählst du uns, was im Knast los war! Wir wollen noch ein bißchen feiern, der Urlaub geht zu Ende. Vier Tage noch. Aber ich bin soweit. Die Kampagne steht, der Computer ist bereit. Die Bombe kann hochgehen..."
Pablo sah ihn sehr ernst an. Er sagte, daß er kommen werde, und gab ihnen die Hand. Dann fuhr er mit seiner Vespa davon. Kai und Jana winkten nach einem Taxi.

Am Südstrand stieg die große Fete. Tausende von braungebrannten Menschen eilten hinunter ans Meer. Geschminkt, gefärbt, gepiercet, tattoot und stundenlang gestylt in den Waben der Hotels. Atropingeweitete Augen, grüne Lidschatten, seidige, mit Mastix verklebte Wimpern. Glitzerndes Haar, grellrote, breit übermalte Lippen. Musik, Bewegung, Leben. Knappe, fleischfarbene Bikinis. Geile Gesten, heiße Blicke, Hautkontakt. Schwarze Bühnen, gigantische Phonverstärker. Tanzflächen, Trinkstände, Mobiltoiletten. Getränke satt. Sangria, alle Sorten Bier, dazu exotische Mixturen. Auch Joints und etwas Schnee. Absurdes Theater beim Erscheinen der Prominenten. Gekkenhafte Schlagerbarden, sich spreizende Moderatoren, blasierte DJs, silikongeblähte Pornoqueens und ein örtlicher Politiker.

Die Gruppen. Techno und Latino, Pop und Rock. Girlie-Bands und Boy-Groups. Teenies und Oldies. Hip and Hop and Go-Go. Blues and Soul, Heavy and Light. Mad and Dead...

Die Fete? Super, toll und flockig, fetzig, schräg und schön ekstatisch. Crazy, funny, steil und sexy. Exzessiv und ultimativ...!

„Radioaktiv!" - brüllte Kai in die wabernde Menge. Niemand hörte es. Nur eine hagere, gelbhäutige Frau in einem schwarzen Kleid drehte sich zu ihm um und schaute ihn an. Sie stand ein wenig abseits, wie er. Jana nahm ihn an die Hand und zog ihn fort. Weg vom tosenden Strand, hinauf zur Promenade. Sie schoben sich durch die Massen und brauchten fast eine halbe Stunde, bis sie ihr Hotel erreichten. Bald würde Pablo kommen.

Kai war, nachdem er wieder zu Hause angerufen hatte, sehr aufgeregt. Er konnte kaum erwarten, daß sein Artikel erschien. Alles hatte er sorgfältig redigiert, die Fotos waren plaziert, die Schlagzeilen saßen. Noch drei Tage, dann würde sein Vater ihn in Hamburg am Flughafen abholen, um mit ihm in die Redaktion der großen Wochenzeitung zu fahren. Der Chefredakteur war einverstanden, er hatte sich bereit erklärt, die Recherche der Konferenz vorzulegen, und das war so gut wie angenommen, das bedeutete ‚Grünes Licht'. Der Vater hatte den Herausgeber des Magazins für das brisante Thema gewinnen können. Auch der Rundfunk interessiere sich für die Sache, so hatte der Vater telefoniert, und Kai solle schnellstens ein Feature vorbereiten. Jana war begeistert. Sie möge doch mitfliegen nach Hamburg, hatte Kai sie bestürmt, denn sie sei doch mehr als nur beteiligt an allem. Und ohnehin möchte er es, weil er eigentlich immer mit ihr zusammen sein wollte. Er wünschte sich, daß sie zu ihm nach Hannover käme.

Pablo traf um acht ein und begrüßte sie aufgeregt. Die drei wollten dem Trubel und Lärm auf den Straßen ausweichen, deshalb setzten sie sich ins Foyer des Hotels, bestellten Kaffee und Cognac, und Pablo mußte berichten. Jana und Kai beiden hörten aufmerksam zu, und was er sagte, bestärkte sie nur noch in ihren Absichten.

„Ich bin mit Maria am späten Vormittag ins Gefängnis eingelassen worden", begann er, „und man hat uns sofort nach Waffen durchsucht. Unangenehm, besonders für Maria. Mich wollten die Beamten zuerst nicht akzeptieren, aber ich habe mich als Verwandten ausgegeben, und schließlich war es ihnen egal. Wir konnten Marias Bruder sprechen, durften ihm aber nicht die Hand geben. Zwei Justizangestellte saßen in den Ecken. Trotzdem, wir haben genug erfahren. Dieser Henri Santana, ein Riesenkerl übrigens, hat uns gleich am Anfang gesagt, daß er verhaftet worden sei, weil er jemanden getötet habe. Und ihr werdet es nicht für möglich halten – er hat den Fleischfabrikanten Kauner umgebracht! Er hat ihn im Swimmingpool ertränkt. Maria hat sich furchtbar erschrocken und es zuerst nicht glauben wollen. Ich schon eher, ich ahnte schon so etwas. Er hat uns alles erzählt, auch von dem Fleisch aus Callio, und uns sind die Augen übergegangen..."
Kai unterbrach ihn.

„Callio, und immer wieder Callio! Hernando ist also nicht von Räubern oder Drogenabhängigen überfallen und getötet worden, und auch nicht" - Kai zögerte und sah sich um - „von der Geheimpolizei, wie ich zuerst dachte, sondern von diesem Kauner! Nach Mafiaart, nehme ich an. Warum, das ist mir klar nach all dem, was wir neulich von dir gehört haben, Pablo! Das radioaktiv verseuchte Fleisch, die Proteste und die Attacken Hernandos! Und dann hat Marias Bruder den Mord an seinem Schwager gerächt. Er hat es irgendwie herausbekommen, stimmt's, Pablo?"

„Ja. Er war Kauners Chauffeur und hat seinen Chef kurz vor der Tat am Telefon belauscht, als der zwei Killer beauftragte, jemanden umzulegen. Er wußte da noch nicht, um wen es ging. Jetzt will er nur noch eines, nämlich an die Killer heran, aber das wird wohl schwierig für ihn werden. Ich glaube, er kennt die Burschen. Er weiß mehr, als er der Polizei gesagt hat, weil er sich die Leute selbst greifen will. Die Ehre verlange es, so sagte er. Ich möchte nicht in seine Hände fallen..."

„Und Maria?"

„Die hätte ihn am liebsten ihn den Arm genommen und geküßt, aber das war nicht möglich, weil die Beamten aufpaßten. Kurz danach mußten wir gehen, die Besuchszeit war um. Draußen war Maria ebenso traurig wie glücklich, und vor dem Gefängnistor hat sie mich umarmt, wohl an Stelle ihres Bruders."

Kai nippte an seinem Cognac.

„Pablo, natürlich finde ich unmöglich, was der Santana da getan hat. Ich kann's verstehen, aber es ist nicht zu rechtfertigen. Selbstjustiz, Blutrache, wo landen wir da! Wenn ich aber an die letzten Wochen denke, überrascht mich hier nichts mehr. Es wird höchste Zeit für meine Story! Sogar der Rundfunk will an das Eisen ran! Ich sitze auf glühenden Kohlen!"

„Was hast du vor einiger Zeit auf der Terrasse eigentlich gemeint, als du von einem Mann namens Orson Welles geredet hast?" fragte Jana plötzlich.

„Daran denke ich auch heute noch", meinte Kai. „Ich muß ausholen. Vor Urzeiten, vor dem Weltkrieg, am 31.10.1938 - ich weiß es so präzise aus unserem Archiv - hat ein Amerikaner namens Orson Welles, der später als Schauspieler und Regisseur weltberühmt wurde, im Rundfunk des US-Staats New Jersey eine Sendung gemacht, die zu einer Sensation wurde. Er hatte den genialen Einfall, eine Landung von Marsmenschen auf der Erde zu simulieren, indem er ein Hörspiel absolut realistisch als Live-Reportage inszenierte. Er tat, als geschehe es gerade jetzt, also am Abend des 31.10.38, in New York und Umgebung. Und fast alle fielen darauf herein. Panik brach aus, Tausende von Menschen verließen ihre Wohnungen, sie flüchteten, getrieben von Angst und Schrecken, während Welles ständig weiter sendete und das Chaos anheizte. Es soll Tote gegeben haben, vor Aufregung und durch Selbstmord. Als alles überhand zu nehmen drohte, löste er die Sache schließlich auf. Es war ein Paradebeispiel dafür, daß man auch in einem freien Land eine ganze Bevölkerung durch Medien narren und manipulieren kann. Im übrigen entging Welles danach einem Prozeß nur deshalb, weil er vor der Sendung so nebenbei darauf verwiesen hatte, daß die ganze Situation irreal sei. Nur hatten die meisten Leute das nicht mitbekommen, weil sie erst später eingeschaltet hatten und weil alles so unheimlich echt wirkte.

Was mich beschäftigt, wenn ich mich an Orson Welles erinnere? Viele Jahre sind seitdem vergangen, und die Medien haben die Welt erobert, viel gründlicher als sämtliche Marsmenschen es je gekonnt hätten. Ständig umgeben uns Geräusche und Bilder, die woanders fabriziert werden, wir leben in der totalen Elektronik von Computern, Internet, Fernsehen und Rundfunk. Ich habe jetzt eine merkwürdige Vision. Ich stelle mir vor, wie meine Sendung im Rundfunk läuft, wie ich versuche, die furchtbaren Dinge, die in Callio geschehen, all die Ereignisse hier und die Atmosphäre möglichst dramatisch zu schildern. Und was passiert?"

„Was denn?"

„Was? Nun, die Zuhörer halten das Ganze für ein Spiel, für eine Fiktion, für einen höllischen Spaß. Sie sind jahrzehntelang mit erfundenen Krimis und Schreckensgeschichten höchst realistischer Art derart überfüttert worden, daß sie reagieren, als würden sie von mir mit irgend einem weiteren, erdachten Horrorstück unterhalten. Sie trinken ihr Bier, knabbern Chips, nicken sich zu, und manche finden vielleicht, daß es ganz gut gemacht ist. Die Wirklichkeit wird also zur Erfindung, die Realität zur Fiktion, genau umgekehrt wie damals bei Orson Welles!"

Jana und Pablo sahen Kai erstaunt an. Dann lächelte Jana.

„Ich kapiere, Kai, was du meinst, aber ich sehe es nicht so. Ich glaube, daß du die Leute unterschätzt. Sie sind nicht so verblödet, wie du denkst, auch nicht, wenn sie ein Leben lang geglotzt haben und mit allem Quark der Welt berieselt worden sind. Die werden schon wach, wenn du loslegst, Kai, und wenn dann alles noch im Magazin erscheint, geht die Post ab. Dann wirst du sehen, wie der Staub wirbelt!"

„Dein Wort in des Intendanten und anderer Götter Ohr, Jana!"

Pablo schaute die beiden an.

„Wie mag es jetzt wohl in Callio aussehen? Man hört nichts, man sieht nichts. Man könnte glauben, daß die Region gar nicht existiert oder weit weg auf einem anderen Kontinent liegt."

„Genau das ist es, Pablo. Auch heute noch kann man etwas machen wie zu Adolfs Zeiten, wenn man nur schlau und bedrohlich genug agiert."

Kai machte eine kleine Pause.

„Ob wir es trotzdem noch einmal versuchen?"

„Was?"

„Noch einmal hinfahren?"

„Unmöglich! Alles ist gesperrt!"

„Wenigstens heranfahren, soweit es geht. Mir fehlt noch ein Foto von der Grenzbaracke."

„Nur ein Foto von der Baracke? Das ist was anderes. Also, meinetwegen. Aber nur bis zur Grenze!"

„Weiter würden wir sowieso nicht kommen."

Und wann soll es sein?"

„Am besten morgen schon. In drei Tagen sitzen wir im Flieger."

„Wie fahren wir?"

„Nur du und ich, Pablo. Mit deiner Vespa. Wir brauchen für die kurze Strecke kein Auto."

„Gut. Morgen um 16 Uhr bin ich hier am Hotel und hole dich ab."

„Ich dank' dir, Pablo."

Jana nickte, auch sie fand's okay. Eine Weile noch saßen sie zusammen, dann schlug Jana vor, ein wenig am Strand spazieren zu gehen.

Sie schlenderten nahe am Wasser entlang. Verzerrt hörte man von weitem die Musik aus den Lautsprechern, man sah die bunten Lichter der Fete, die ihrem Höhepunkt zuzustreben schien. Nur wenige Menschen begegneten ihnen. Plötzlich stand Silke vor ihnen, und neben ihr war der Lover. Sie kamen vom Strandfest. Alle waren verlegen, dann gingen sie aber doch einige hundert Meter miteinander über den feuchten Sand. Jana hakte die Freundin unter und redete mit ihr. Silke sah aus, als ob sie nächtelang nicht geschlafen hätte. Dunkle Ringe lagen unter ihren Augen, ihr Blick war trübe, und das gebräunte Gesicht wirkte fleckig. Wild kräuselten sich ihre Haare im Wind. Sie trug ein gelbes Top, dazu einen langen, geschlitzten Rock, und ihr Gang war schleppend und aufreizend zugleich. Jana fiel auf, daß sie keinen Slip anhatte.

„Bald geht's ja zurück in die Arktis", meinte sie zu Jana, „da haben wir noch mal abgetanzt. Was habt ihr denn zuletzt getrieben? Wie steht's mit Callio?"

Ihr Begleiter schaute weg, er tat, als interessiere es ihn nicht. Jana erzählte einiges, aber nicht alles, und Silke hörte gleichgültig zu. Pablo und Kai hatten sich zurückfallen lassen.

„Habt ihr noch was vor, Jana, bevor der Flieger steigt?"

„Kai will morgen noch mal mit Pablo in Richtung Callio fahren, mit der Vespa. Sie wollen zur Grenze, noch ein Foto schießen."

Silkes Lover sah für Sekunden aus den Augenwinkeln zu den Mädchen hinüber. Jana bemerkte es nicht. Die beiden blieben stehen und warteten auf die Jungen. Als sie sich voneinander verabschiedeten, sah Kai, wie verliebt Silke noch immer in Pablo war, denn als sie ihm die Hand gab, heulte sie fast.

Am Morgen des nächsten Tages telefonierte der Präsident der Inselrepublik mit seinem Polizeichef, und nachdem er ihn kurz begrüßt hatte, kam er wie immer gleich zum Thema.

„Gintero , was macht die Sache Kauner?"

„Sie ist erledigt, Herr Präsident, ich melde Vollzug. Der Fall konnte nicht besser ausgehen. Es droht von da aus keinerlei Gefahr mehr, weder uns noch der Insel."

„Sehr gut. Einzelheiten will ich jetzt nicht wissen. Berichten Sie später!"

„Selbstverständlich, Herr Präsident.."

„Gintero, ich bin zufrieden, ja, ich kann sagen, ich bin wesentlich besser gestimmt als noch vor einigen Tagen."

„Darf ich fragen, Herr Präsident, warum?"

„Nun, Gintero, Sie, der Sie sich in diesen furchtbaren Wochen vorbildlich eingesetzt haben, dem wir einiges zu verdanken haben, sollen es als erster von mir erfahren. Ich darf Ihnen mitteilen, mein Bester, daß es aus Callio nach langer Zeit Positives zu vermelden gibt. Die Belastungen sind leicht zurückgegangen, das Ministerium hat mir die neuesten Meßergebnisse übermittelt, und die Wissenschaftler äußern sich optimistisch. Der zuständige Staatssekretär faxte mir, daß diese Entwicklung auch von amerikanischer Seite her bestätigt worden sei. Sehr erfreulich das Ganze. Dennoch, das wissen Sie besser als ich, ist die Lage vor Ort immer noch dramatisch. Sie wird sich erst nach und nach entspannen. Um so mehr gilt es, auf der Hut zu sein. Wir warten ab, wir lassen aber nicht nach in dem, was wir vor einem Monat abgesprochen haben. Im Gegenteil, eher verschärfen wir die Maßnahmen, als daß wir sie lockern, damit nichts aufs Spiel gesetzt wird. Vor allem, Gintero, ist mehr noch als früher dafür zu sorgen, daß ausschließlich wir die Öffentlichkeit informieren, daß alle Bewohner, die Touristen und die gesamte Welt nur durch uns erfährt, was es mit der gesperrten Region auf sich hat. Bis jetzt hat es gut geklappt, und so soll es weitergehen. Die geringste Meldung könnte katastrophale Folgen haben, selbst wenn sie den Tatsachen nicht entspräche. Denken Sie daran, wie ein Börsensturz entsteht! Ich weiß, daß ich mich auf Sie verlassen kann, Gintero. Arbeiten Sie wie bisher, und wenn wir dann in einiger Zeit aufatmen können, sollten wir uns bei mir sehen. Ich muß unser Gespräch jetzt beenden, heute wird Kauner beerdigt, da muß ich mich noch ein wenig vorbereiten. Ich wünsche Ihnen einen guten Tag!"

Der Oberst saß kerzengerade in seinem Bürosessel, als er den Hörer auflegte, und mehr denn je war er entschlossen zu tun, was der Präsident befohlen hatte. Bei ihm, dem Boß aller Ordnungshüter, liefen die Fäden zusammen, er wußte von allem und jedem, seine Polizisten, Informanten und Spitzel lieferten ihm Tag und Nacht die neuesten Nachrichten. Wenn es dann um die Logistik, um den Einsatz der Kräfte, um die Handhabung des Polizeiapparates, um die entscheidende Mobilisierung aller Mittel und um das präzise Zuschlagen ging, da war er nicht zu übertreffen. Da machte ihm keiner etwas vor.

Er hatte kürzlich von einem jungen Deutschen und seiner Freundin gehört, einer auffallend hübschen Person, so war ihm berichtet worden. Die beiden sollten etwas neugierig sein, und sie hätten gemeinsam dies und jenes unternommen. Ein Einheimischer sollte dabei gewesen sein. Gerade eben, bevor der Präsident angerufen hatte, war ihm mitgeteilt worden, daß der Mann Journalist sei und sich vor einiger Zeit erneut in Callio aufgehalten habe. Er sollte Material gesammelt und Fotos gemacht haben. Und er habe vor, sich noch einmal der Region zu nähern. Wieder zusammen mit dem Einheimischen. Touristen - da mußte man natürlich vorsichtig sein...

Gintero griff zum Telefon. Er ließ sich mit Raguso verbinden, dem Chef seiner Geheimpolizei.

Einige Zeit danach, gegen Mittag, wurde im selben Gebäude Kommissar Vargas zu seinem Abteilungsleiter bestellt. Kriminalrat Jimenez strahlte, als sein Untergebener das Büro betrat. Er schüttelte ihm die Hand und bat ihn ungewohnt herzlich, am Schreibtisch Platz zu nehmen.

„Lieber Vargas, ich gratuliere. Auch in schweren Zeiten gibt es noch erfreuliche Dinge, und dafür haben Sie gesorgt."

Der Kommissar blickte den Kriminalrat überrascht an.

„Ja, Vargas, Sie staunen, nicht wahr? Aber Sie werden gleich noch größere Augen machen. Ich darf Ihnen nämlich sagen, daß unser aller Vorgesetzter, der Oberst Gintero" - die Stimme des Kriminalrats begann ein wenig zu zittern - „sich zum ersten Mal mit einem Fall näher befaßt hat, und zwar mit Ihrem letzten Fall, mit der Sache Kauner! Und ich darf weiter sagen, Vargas, daß der Oberst absolut zufrieden, ja begeistert ist, wie souverän Sie das Problem angepackt und gelöst haben. Ich teile ich Ihnen jetzt offiziell mit" - Jimenez stand auf, und Vargas tat es auch - „daß Sie um zwei Ränge befördert worden sind.

Sie steigen auf vom Kommissar zum Hauptkommissar. Die entsprechenden Bezüge werden Ihnen bereits vom kommenden Monat an überwiesen."

Er schüttelte Vargas wieder die Hand, holte aus seinem Schrank eine Cognacflasche mit zwei Gläsern, setzte sich und schenkte ein.

„Salute, Hauptkommissar!"

Vargas war ein wenig verlegen. Der Chef rückte näher an ihn heran.

„Sie können stolz auf sich sein, Vargas. So schnell und reibungslos ist nie ein Fall über die Bühne gegangen, vor allem nicht einer von solcher Brisanz."

„Brisanz? Wieso?"

„Na, hören Sie mal" - Jimenez kam noch näher und sprach leise - „Sie können sich doch denken, was los ist. Kauner bezieht in Mengen verseuchtes Fleisch aus Callio, und ein Grüner, der zuviel wußte, nervt ihn so vehement, daß er überschnappt und den Mann umlegen läßt. Bekannt wird, daß dieser Martinez einem Raubmord zum Opfer fiel. Dann stirbt Kauner, und sein Sohn dreht durch. Was meinen Sie, was passiert wäre, wenn Sie die Sache nicht so perfekt aufgeklärt hätten? Kauner jr. wäre Amok gelaufen! Wir kennen ihn, er ist genau so cholerisch wie der Alte es war, und er hat durch sein Geld mehr Macht auf der Insel als sämtliche Politiker, den Präsidenten vielleicht ausgenommen. Der Fabrikant wäre ans Fernsehen gegangen, da ist er Mehrheitseigner, und er hätte in seinem Zorn und in seiner Trauer um den Vater die tollsten Dinge in die Welt gesetzt. Er hätte Massen an Porzellan zerschlagen, er hätte" - Jimenez flüsterte - „die ganze Insel gefährdet, weil er daraus ein Politikum gemacht hätte, weil er behauptet hätte, sein Vater sei von den Grünen umgebracht worden, und ähnlichen Quatsch. Aber Sie, Vargas, sind einer solchen Katastrophe zuvorgekommen, denn jetzt hat der junge Kauner sich beruhigt. Mord aus verletzter Ehre, damit kann er leben, und daß alles geklärt ist, bevor der Alte heute beerdigt wird, das soll ihn kolossal erleichtert haben. Der Täter sitzt hinter Gittern, er hat gestanden, und der Prozeß wird nicht öffentlich sein, das steht schon jetzt fest. Außerdem läßt sich so etwas ja in die Länge ziehen. Niemand also wird erfahren, was noch dahinter steckte. Ich sagte Ihnen ja schon, wie zufrieden Oberst Gintero ist, daß alles so ausgegangen ist. Dank Ihnen, Vargas!"

Der Hochgelobte saß ein wenig beschämt, aber auch nachdenklich auf seinem Stuhl.

„Darf ich trotzdem etwas fragen, Herr Kriminalrat?"

„Fragen Sie, was Sie wollen, mein Lieber! Heute sind Sie der König!"
Vargas sah seinen Chef etwas unsicher an.

„Dieses Fleisch, Herr Kriminalrat, womit war es eigentlich verseucht? Und was geschieht in Callio? Weshalb sind so viele Leute von uns dort oben, was machen sie da? Wie lange noch müssen wir mit halber Belegschaft arbeiten?"

Jimenez wurde blaß.

„Viele Fragen, Vargas, aber nur eine Antwort. Ich weiß es nicht."

„Ja aber..."

„Vargas, es geht hier um ein Staatsgeheimnis. Wer sich da einmischt, wer da unzulässige Fragen stellt, dem geht es an den Kragen. Der hat keinen guten Tag mehr, ja, der erlebt vielleicht den heutigen Abend nicht!"

„Aber..."

„Wir sind Beamte, Vargas! Wir gehören der Exekutive an, und wir haben zu befolgen, was von oben her angeordnet wird. In Callio, das wissen Sie, wütet die afrikanische Seuche, und sie wird mit allen Mitteln bekämpft. Da gibt es nichts zu fragen und zu kritisieren, da gilt es nur zu helfen und Opfer zu bringen, sonst gerät unsere Insel ins Wanken! Aber ganz unter uns, Vargas" - wieder flüsterte Jimenez - „ich hörte, daß es erste kleine Erfolge gibt, daß man auf einem guten Wege ist, daß es gelungen sein soll, den unsichtbaren Feind zu stellen. Ich denke einmal, wir dürfen hoffen. Vor einer Stunde noch sprach ich mit unserem Oberst, und er wirkte zuversichtlich. Er sagte mir, daß wir uns wie in einem Krieg befänden, daß wir uns bis zum Umfallen einsetzen und alles geben müßten, um diese Krise zu bewältigen. Dann würden wir siegen...

Ein letzter Schluck noch jetzt, Vargas, und dann zurück an die Arbeit! Unsere Gegner schlafen nicht, das nächste Verbrechen ist schon geplant, und wir stehen wie immer an vorderster Front!"

Der Kriminalrat stand etwas abrupt auf und geleitete seinen besten Mann hinaus. Er tat sehr förmlich, als er ihm vor der Tür zum dritten Mal die Hand gab.

Vargas ging den Flur entlang und sah vor sich hin. Als er in sein Büro kam, warteten schon zwei Kollegen auf ihn. Sie wollten ihm gratulieren, denn es hatte sich herumgesprochen, daß er befördert worden war, und man wollte sich die Chance nicht entgehen lassen, schon während der Bürozeit ein wenig zu feiern.

Am Nachmittag dieses Tages, ungefähr um die Zeit, als der Fabrikant Herbert Kauner auf einem Dorffriedhof im Nordosten der Insel feierlich und in allen Ehren bestattet wurde, schwang sich Kai Friedmann vor seinem Hotel auf den schmalen, hinteren Sitz der Vespa seines Freundes Pablo Crusis.

In der Nacht zuvor war Besonderes geschehen, denn Jana hatte sich entschieden, zu Kai nach Hannover zu ziehen. Es würde zwar etwas schwierig mit den Eltern werden, hatte sie gesagt, aber die müßten sich daran gewöhnen, daß sie erwachsen sei und das Haus eines Tages sowieso verlassen würde. Und ihre Ausbildung, die ließe sich auch in Hannover beenden. Morgens hatten die beiden länger gefrühstückt als sonst, und Kai war happy gewesen wie noch nie in seinem Leben. Dann hatten sie damit begonnen, ihre Sachen zu packen. Noch nicht alles, aber die Unterlagen, die Manuskripte, die Fotos, die Karten und den Leptop hatten sie sorgfältig zusammengelegt und in Janas Schrankfach verstaut - vorsichtshalber, so hatte Kai gemeint. Dann waren sie schwimmen gegangen, weit hinaus ins Meer. Zum letzten Mal vielleicht, denn für morgen war stürmisches Wetter angesagt worden. Einen kleinen Imbiß hatten sie auf der Terrasse noch genommen, dann war Pablo eingetroffen. Sie hatten ihn zu einem Espresso eingeladen. Er war zuerst ein wenig einsilbig gewesen, wohl, weil sie bald abreisen würden. Oder war es Silkes wegen gewesen? Aber dann war er fröhlich geworden und hatte gelacht, weil es Spaß machen würde, so sagte er, mit Kai zusammen auf der Vespa durch die Gegend zu gondeln. In zwei bis drei Stunden, am frühen Abend, würden sie zurück sein, mit dem Motorroller gehe es nicht schneller. Als sie aufbrechen wollten, hätte Kai beinahe noch seine Kamera vergessen, aber Jana war ins Zimmer hoch gelaufen und hatte ihm im Foyer die Ledertasche mit der Rollei noch schnell umgehängt.

Pablo stieg auf den Fahrersitz und ließ den Roller an. Jana gab ihm die Hand, küßte Kai auf den Mund, wünschte beiden eine angenehme Fahrt und möglichst gute Fotos.

Die zwei fuhren los, und die Vespa schwankte ein wenig, bevor sie sich nach zwanzig oder dreißig Metern stabilisierte. Kai schaute zurück und winkte Jana zu, die lange an der Promenade stand und ihnen nachsah. Nach einer Weile ging sie hinüber ins Hotel, denn sie wollte mit Silke sprechen, die gerade vom Strand zurückkam. Diesmal war die Freundin allein.

Raul Alvarez arbeitete in seinem Olivenhain oberhalb der Straße nach Callio. Es war sehr ruhig hier, seit die Grenze zur Region gesperrt war. Plötzlich aber schreckte der Bauer hoch, denn unten im Tal hatte es gekracht, und danach war ganz kurz ein metallisch knirschendes, schleifendes Geräusch zu hören gewesen. Alvarez ließ seine Baumschere fallen und rannte den Berg hinunter. Nach etwa fünf Minuten war er unten, dann lief er noch gut zweihundert Meter nach links, wo die Straße sich bog. Es mußte sich ein Unfall ereignet haben, da war er sich sicher, und als er um die Ecke kam, gab es keinen Zweifel mehr. Am Rande der Chaussee, auf der rechten Seite, sah er als erstes ein völlig verformtes Fahrzeug, es schien ein Motorrad oder auch ein Motorroller gewesen zu sein. Öl und Benzin tropften aus dem Trümmerhaufen, Scherben, Lacksplitter, ein Rückspiegel, ein Schuh, eine Brille, eine zerfetzte Ledertasche und Papiere lagen verstreut auf dem Asphalt, der von Schleif- und Rißspuren zerkratzt war. Merkwürdig still war es. Alvarez ging ein Stück in das Gestrüpp hinein, das seitwärts der Straße wucherte, und dort entdeckte er die Opfer. Es schauderte ihn ein wenig, aber er scheute sich nicht, die Zweige der Büsche wegzudrücken und sich über die Menschen zu beugen, die da in der Macchie lagen. Sie waren jung und schienen tot zu sein. Der eine war dunkelhaarig, sein Hemd war aufgerissen, das Gesicht und die Brust waren voller Blut. Seine Augen starrten ins Leere. Der Oberkörper war eingedrückt, Alvarez bemerkte es mit Grausen. Auch mit dem Kopf war etwas nicht in Ordnung, der hintere Teil war irgendwie zerstört. Der andere, ein schmaler, blonder Junge mit heller Haut, sah aus, als ob er schliefe. Bis auf einen Spalt waren seine Augen geschlossen, nur das Weiße schimmerte durch. Mit seinen Beinen stimmte es nicht, sie standen schief zueinander, und seine Jeans waren von Blut gerötet.

Alvarez rührte die Leblosen nicht an. Er überlegte. Hilfe mußte her, und zwar ganz schnell! Vielleicht waren sie ja doch noch nicht tot! Nach Hause laufen und telefonieren? Über eine halbe Stunde würde es dauern, und bis dann der Rettungswagen käme? Plötzlich fiel ihm die Grenze ein, die Posten dort, natürlich, daß er daran nicht sofort gedacht hatte! Die könnte er in zehn Minuten erreichen. Während er die Straße entlang hastete, fragte er sich, was da geschehen sein mochte. Das Zweirad war zertrümmert, so, als ob es irgendwo aufgeprallt war. Aber worauf? An der Straße hier stand nirgendwo ein Baum, kein Fels war da und keine Böschung, weder links noch rechts. War ein anderes

Fahrzeug beteiligt gewesen? Ein Auto, ein Jeep oder ein Landrover, der mit dem der Roller zusammengestoßen war? Ganz klar, so mußte es gewesen sein. Hätte es sonst so laut gekracht? Und die Spuren auf dem Asphalt? Dann allerdings war es Fahrerflucht. Natürlich hatte er keinen Wagen sehen oder hören können, der Olivenhain war zu weit oben, und der Wald an den Hängen verdeckte die Straße. Fahrerflucht, verdammt noch mal, ja! Er schaute auf seine Uhr, es war kurz vor halb sechs. Er kam an die Grenzbaracke und berichtete den Polizisten ein wenig atemlos von dem Unfall. Sie musterten ihn finster und wollten alles genau wissen. Alvarez wunderte sich, als sie meinten, sie hätten von all dem nichts gehört. Dann orderten sie per Funk einen Rettungswagen. Einer von ihnen holte ein Motorrad aus einem Verschlag und sagte, er werde zur Unglücksstelle fahren. Er forderte Alvarez auf, sich hinter ihn zu setzen, und nach ein oder zwei Minuten waren sie da. Der Beamte stellte sein Motorrad ab, sah sich um, schaute sich die Opfer an, kümmerte sich aber nicht um sie. Dann sperrte er die Straße mit einem weißen Band. Alvarez hockte sich erschöpft auf den Boden. Nach einer Viertelstunde traf ein Rettungswagen ein, von der Grenze her, aus Richtung Callio. Ein Notarzt und zwei Sanitäter stiegen aus, und Alvarez sah zu, wie der Arzt an die jungen Menschen heranging. Den Körper des Dunkelhaarigen betastete er nur kurz, drehte ihn um und horchte ihn ab. Dann gab er den Sanitätern ein Zeichen. Sie hüllten ihn in eine Plastikplane und trugen ihn zum Wagen. Mit dem anderen ging er sorgfältiger um. Er legte sein Stethoskop mehrfach an, prüfte den Puls, maß den Blutdruck, fühlte die Beine und den Unterleib ab, zog die Augenlider hoch und schaute sich die Iris an. Schließlich nickte er, und die Sanitäter brachten eine Trage, legten den Mann darauf, schnallten ihn fest, fädelten die Bahre auf der Schiene des Rettungsfahrzeugs ein und schoben sie in den Wagen. Sie fuhren nicht gleich los. Der Bewußtlose wurde noch im Wagen behandelt und an Geräte angeschlossen.

Nach einiger Zeit setzte der Wagen sich in Bewegung, aber nicht zurück nach Callio, sondern zur Küstenstraße hin. Alvarez war allein mit dem Polizisten. Der hatte ein wenig aufgeräumt und rief mit seinem Handy den Abschleppdienst an. Dann schrieb er ein Protokoll und stellte Alvarez einige Fragen. Was er gehört und gesehen habe? Um welche Zeit genau? Ob ihm etwas Besonderes aufgefallen sei? Der Bauer erzählte ihm von seinem Verdacht, daß ganz bestimmt ein Wagen mit dem Roller kollidiert sein müsse, alles weise doch darauf hin.

Sofort verschwunden sei er wahrscheinlich, übelste Fahrerflucht müsse es gewesen sein. Der Beamte notierte eifrig, nickte und sagte, daß er es auch so sehe. Man werde der Sache nachgehen. Es sei zwar schwierig, aber nicht aussichtslos, den Täter festzustellen. Die Polizei der Hauptstadt sei zuständig und werde den Fall verfolgen. Er habe Lackreste und Glassplitter gesichert, und auch das Wrack - er deutete auf das, was von dem Motorroller übrig geblieben war - sei ein wichtiges Beweisstück. Irgendwann in den nächsten Tagen werde ein Beamter bei ihm - Alvarez nannte erst jetzt seinen Namen, den der Polizist schnell aufschrieb - vorbeikommen und ihn bitten, noch einiges mehr zum Unfall auszusagen. Dann bot er dem Bauern an, ihn nach Hause zu fahren. Alvarez bedankte sich, lehnte aber ab. Er meinte, er wolle zu Fuß gehen, um noch ein wenig nachzudenken. Das Ganze habe ihn doch sehr mitgenommen.

Der Rettungswagen jagte mit Blaulicht und heulendem Martinshorn über die Küstenstraße. Auf den Touristenmeilen ging es etwas langsamer voran in Richtung Hauptstadt, der Verkehr war zu dicht. Als das Fahrzeug am Strandhotel vorbeifuhr, hörte auch Jana das nervende Signal. Nichts Ungewöhnliches, dachte sie, fast wie zu Hause. Sie schaute auf ihre Uhr. Kai und Pablo müßten bald zurück sein.
Der Besitzer des Strandhotels machte seinen abendlichen Rundgang, als man ihn aus dem Krankenhaus anrief. Er wurde ein wenig blaß, dann steckte er sein Handy wieder ins Futteral und blickte um sich. Eben noch hatte er das Mädchen gesehen, die Freundin dieses Kai Friedmann. Die Dame vom Krankenhaus hatte gefragt, ob ein Herr dieses Namens bei ihm wohne, jedenfalls sei er in seinem Hotel polizeilich gemeldet. Er kannte den jungen Mann, er war ihm öfter aufgefallen, er wußte, wie er hieß, und deshalb hatte er der Dame sofort sagen können, daß es so sei. Danach hatte sie nach Angehörigen gefragt, und da war ihm dieses Mädchen, diese hübsche Dunkelhaarige, eingefallen. Er solle diese Frau benachrichtigen, meinte die Dame dann, sie solle möglichst bald ins Hospital kommen. Herr Friedmann sei verunglückt und liege auf der Intensivstation.
Kurz darauf sah er Jana auf der Terrasse. Er bat sie ins Foyer sagte ihr, was ihm gerade mitgeteilt worden war. Jana sah ihn erschrocken an. Ihre gebräuntes Gesicht wurde bleich, sie schwankte und streckte ihre Hand aus, als ob sie Halt suche. Er stützte sie und brachte sie zu einem Sessel, dann rief er ein Taxi an. Während er telefonierte, sah er zu ihr

hinüber. Sie saß in sich zusammengesunken da und preßte die rechte Faust vor den Mund. Das Taxi war schnell da.

Als Jana nach etwa einer halben Stunde an der Rezeption des Krankenhauses stand und nach Kai fragte, ging es ihr immer noch schlecht. Was war passiert? Ihre Gedanken verwirrten sich, sie konnte sich nicht konzentrieren, und dauernd war ihr während der Fahrt übel geworden. Sie erfuhr jetzt, daß der Patient sich auf Station Acht befinde, aber ob sie ihn besuchen dürfe, das sei ungewiß. Sie solle hinaufgehen und mit den Ärzten sprechen. Oben, am Eingang zur Intensivstation, klopfte sie an die Tür. Eine Schwester öffnete und fragte, was sie wolle. Sie sagte es, und die Schwester sah sie nachdenklich und zugleich mitleidig an, dann holte sie einen Arzt. Es kam einer, ein junger, gut aussehender Mann, der sie nur kurz anschaute.

„Gehen wir ins Sprechzimmer, bitte!"

Jana bekam Angst, so sehr, daß ihr gar nicht auffiel, daß der Arzt deutsch sprach. In dem kleinen, nüchternen Raum setzte sie sich auf einen Stuhl, den er ihr anbot.

„Sie sind die Frau des Patienten?"

Jana war verlegen.

„Nein, aber ich bin sehr eng mit ihm befreundet."

Der Arzt sah sie scharf an.

„Sie wissen, daß wir nur Angehörigen Auskunft geben dürfen?"

Jana begann zu weinen. Sie wußte nicht, was sie antworten sollte. Der Arzt berührte sie ganz kurz an der Schulter.

„Ich denke, wir machen eine Ausnahme. Ich betrachte Sie als seine Frau, das nehme ich auf mich.".

Jana blickte ihn unsicher an.

„Seien Sie tapfer, junge Frau, versuchen Sie es wenigstens. Ihr Freund ist vor ungefähr zwei Stunden mit einem Rettungswagen bei uns eingeliefert worden. Er ist bei einem Verkehrsunfall schwer verletzt worden, so schwer, daß wir mit dem Schlimmsten rechnen müssen."

Jana starrte den Arzt an.

„Er ist bewußtlos, er liegt im Koma, und ich habe wenig Hoffnung. Wir tun alles, aber..."

Janas Stimme wurde fast tonlos.

„Wie ist es passiert, und wo?"

„Er ist mit einem Motorroller verunglückt, wahrscheinlich als Beifahrer."

Jana nickte hastig.

„Der Halter des Fahrzeugs, ein Einheimischer namens Pablo Crusis, war sofort tot. Sein Roller muß mit einem Auto oder Lastwagen zusammengestoßen sein, so wurde mir gesagt. Die Folgen können Sie sich vorstellen. Allerdings war dieser Wagen nicht mehr am Unfallort, Fahrerflucht, vermute ich. Geschehen ist es auf der Straße nach Callio, ein oder zwei Kilometer vor der Grenze."

Jana kämpfte mit sich. Sie nahm sich zusammen wie noch nie.

„Darf ich meinen Freund sehen?"

„Ich sagte Ihnen schon, daß ich Sie wie seine Frau behandeln möchte. Sie können ihn nicht nur sehen, Sie sollten, wenn es möglich ist, sogar bei ihm bleiben. Er liegt allein in einem unserer Räume."

Jana wußte nicht, was es bedeutete.

„Erschrecken Sie nicht, wenn wir jetzt zu ihm gehen. Sie wissen ja, die Apparate, die Schläuche..."

Der Arzt stand auf. Jana folgte ihm in den Flur, dessen grünlicher Fußboden im Neonlicht glänzte. Vom Gang aus konnte man durch Fenster in die Zimmer schauen. Wie unwirklich wirkte alles auf Jana, als sie im Vorbeigehen die weißen Betten sah, die Kranken, die Apparate, die flackernden Bildschirme und die vermummten Schwestern. Sie begriff nichts. Pablo tot? Ein Auto sollte die Vespa gerammt haben? Ganz am Ende des Flurs öffnete der Arzt eine Tür. Jana betrat den Raum, der aussah wie die anderen auch, nur gab es keine Verbindung nach nebenan. Im Bett, das mitten im Zimmer stand, lag jemand, den sie nicht erkannte. Erst nach einiger Zeit wurde ihr klar, daß es Kai war. Nur sein Kopf war sichtbar, die Haare waren abrasiert, die Brille fehlte, und seine Haut war bleicher noch als sonst. Die Augen hatte er geschlossen. Ein dünner Schlauch führte von der Nase zu einem Anschluß in der Wand, andere krochen unter der Bettdecke hervor und endeten an Geräten oder an Infusionsflaschen, die oben an einem metallenen Bügel hingen. Der Arzt zog einen Stuhl heran und bat Jana, sich zu setzen. Ganz aus der Ferne hörte sie, was er sagte.

„Bleiben Sie bei ihm, Frau" - Jana nannte ihren Namen - „Frau Heller. Sie stören ihn nicht, er kann Sie nicht wahrnehmen. Wenn etwas ist, kommen Sie nach vorn, und wenn Sie müde werden, können Sie sich entscheiden, ob Sie eine Liege wünschen oder in Ihr Hotel zurückkehren möchten."

Der Arzt ging hinaus. Jana sah auf ihren Freund, der gar nicht zu atmen schien. Leise summten die Geräte. Ihr fiel ein, daß sie gar nicht gefragt hatte, wo er verletzt sei.

Als Silke hörte, daß Pablo tot war, knallte sie durch. Sie hatte sich am Nachmittag lange mit Jana auf der Terrasse unterhalten, als sie vom Strand kam. Sie hatten sich ausgesprochen, weil es zwischen ihnen seit einiger Zeit nicht mehr okay gewesen war. Zum ersten Mal hatten sie sich wieder verstanden, auch weil sie gesagt hatte, daß sie mit ihrem Lover Schluß gemacht hätte. Jana hatte sie eingeladen, am Abend wieder zu ihnen an den Tisch zu kommen, wenn Pablo und Kai zurück seien. Pablo würde gewiß nichts dagegen haben, hatte Jana gemeint, im Gegenteil, er würde sich vielleicht sogar freuen. Da war sie auf ihr Zimmer gerannt, hatte geduscht und sich schick gemacht. Das hatte wohl eine Stunde gedauert, aber als sie wieder zur Terrasse herunterkam, war Jana weg. Sie hatte nach ihr gesucht, und schließlich hatte sie den Hotelchef getroffen. Der hatte ihr alles erzählt. Weil der Chef nicht wußte, was mit Pablo war, hatte sie im Krankenhaus angerufen. Und da hatte man ihr gesagt, daß der junge Mann bei dem Unfall umgekommen sei.

Sie saß auf ihrem Bett und starrte vor sich hin. Dann stand sie auf. Im Schrank war noch eine Flasche Gin, die holte sie heraus, und sie nahm kein Glas, sondern setzte sie gleich an den Mund. Bald war sie so betrunken wie vor einigen Tagen, als sie mit ihrem Lover auf der Terrasse geknutscht hatte. Sie trank weiter. Als sie von draußen Musik hörte, verließ sie ihr Zimmer, ging aus dem Hotel und wankte über die Promenade hinunter an den Strand. Es dauerte nicht lange, da war sie im tollsten Trubel. Boys und Girls tobten auf einer spontanen Schaumparty, sie tanzten anarchisch im weißen Glibber, den eine kleine, rote Kanone ausspie. Sie trugen Badehosen und Bikinis, und ihre von Scheinwerfern beleuchteten Körper bogen sich im Rhythmus heißer Hits. Sie kamen sich näher, sie umwanden sich und verschmolzen zu einer bräunlichen Masse. Silke stürzte sich in das Gewühl. Sie war eine der wenigen, die nicht im Badedreß waren, und es dauerte nicht lange, da mußte sie strippen, angefeuert und betatscht von den vielen ringsum, die wild darauf waren, daß alle gleich seien. Zuletzt war sie gleicher als die anderen, weil ihr unter Gejohle auch noch der Slip heruntergestreift wurde. Sie war zu betrunken, um sich zu wehren, und es war ihr auch egal. Sie torkelte hin und her, hing mal an diesem und mal an jenem Hals, küßte gierige Münder und schmiegte sich an nasse Leiber. Wenn sie spürte, daß jemand in sie einzudringen versuchte, riß sie sich los und war auch schon beim nächsten. Der Schaum hüllte alles ein, die Musik hämmerte, die Boxen dröhnten.

Irgendwann war Silke dann nicht mehr in der Mitte des wüsten Treibens, sondern taumelte mehr am Rande. Neben ihr waren zwei Jungen, die nicht von ihr wichen und sie unmerklich von dem Pulk wegdrängten. Einige Meter abseits, hinter einer geschlossenen Imbißbude, fielen die beiden, die skandinavisch sprachen, über sie her, und wieder war es ihr egal. Sie trank aus der Bierdose, die ihr die Burschen anboten, sie ließ sich abknutschen und befummeln. Der eine legte sich auf sie. Sie rührte sich kaum, und sie empfand außer einem kurzen Schmerz nichts. Danach der andere. Sie reagierte nicht, sie sagte nichts, sie ließ alles über sich ergehen. Die Party endete so schnell, wie sie begonnen hatte. Der Strand war leer. Einer der Jungen half ihr suchen, und sie fand wenigstens ihren Rock wieder, obwohl es ziemlich dunkel war. Woanders lag ein T-Shirt, das zog sie über, während der Junge ihr Good bye sagte. Sie antwortete nicht.

Nach einer halben Stunde tauchte sie vor dem Hotel auf. Sie schlich über die Terrasse, und Sand rieselte von ihren Beinen. Sie ging langsam in ihr Zimmer hinauf, warf sich aufs Bett, krallte die Hände in ihr Kopfkissen und weinte, daß es ihren Körper schüttelte.

Jana blickte auf Kai, und nach längerer Zeit traute sie sich, nach seiner Hand zu tasten. Sie war kälter als ihre, obwohl sie eingehüllt gewesen war. Sie nahm sie und ließ sie nicht mehr los. Es war ruhig im Zimmer, und auch von draußen her hörte man nichts. Allmählich wurde ihr bewußt, was geschehen war. Aber Kai lebte, und das allein war wichtig. Sie wollte alles tun, um ihm zum helfen, sie würde auf der Insel bleiben, auch wenn der Urlaub morgen zu Ende ging. Silke würde es den Eltern zu Hause sagen, vor allem, daß sie später käme, dann, wenn es Kai besser ginge. Plötzlich fiel ihr ein, was der Arzt gesagt hatte, und es überlief sie eiskalt. Eine Schwester kam herein und bat sie, für einige Minuten hinauszugehen. Als sie auf dem Flur wartete, sah sie zwei ältere Frauen, die wohl jemanden besuchen wollten. Die Schwester gab ihnen sogleich blaue Kittel, ähnlich denen, die sie selbst trugen. Jana wunderte sich, daß nicht auch sie einen bekommen hatte, und sie fragte die Schwester. Die wich aus und meinte schließlich, sie sei noch jung und gesund und brauche deshalb keinen.

Dann durfte sie in Kais Zimmer zurück und setzte sich wieder an sein Bett. Es war dunkel geworden, und an den Wänden des schwach beleuchteten Raumes spielten die Schatten der Platanen, die draußen im Licht der Straßenlaternen standen.

Als Kai starb, war Jana eingeschlafen. Aber auch wenn sie wach gewesen wäre, hätte sie es nicht bemerkt. Es war gegen drei Uhr. Die Nachtschwester schaute ins Zimmer, und sie sah sofort, daß die Kontrollgeräte seinen Tod signalisierten. Sie holte den Arzt. Der junge Mediziner kam, weckte Jana und sagte ihr, sie solle ins Sprechzimmer gehen, die Schwester würde ihr einen Kaffee machen. Gleich werde er mit ihr reden.

Sie ahnte noch nichts, als er nach etwa zehn Minuten bei ihr war. Sie saß da, trank ihren Kaffee und schaute ihn an. Als er ihr sagte, daß ihr Freund tot sei, verspürte sie einen heftigen Stich. Der Arzt wollte ihr die Hand geben, ihr sein Beileid aussprechen und ihr alles erklären. Da stand sie plötzlich auf, ging mit weit geöffneten Augen auf ihn zu, blieb stehen, wankte und stürzte in sich zusammen. Es klatschte dumpf, als ihr Kopf auf dem Boden schlug, und der Arzt hatte es nicht verhindern können, so jäh war es geschehen. Man hob sie auf und legte sie auf eine Couch. Der Arzt untersuchte sie, und er fand ihren Zustand bedenklich, denn sie reagierte nicht und kam auch nach längerer Zeit nicht zu Bewußtsein. Der Arzt ordnete an, sie sofort auf die Station zu bringen, und bald lag sie in einem der Räume, in die sie vor einigen Stunden noch voller Bangen hineingeschaut hatte.

Am Morgen wachte sie für einige Minuten auf, aber es ging ihr nicht gut. Sie erbrach sich und schien völlig verwirrt. Man röntgte sie und diagnostizierte ein Schädeltrauma. Dazu zeigten sich psychosomatische Symptome der schlimmsten Art, und. die Ärzte beschlossen, sie für einige Zeit in ein künstliches Koma zu versetzen. Sie gaben ihr eine Injektion, und nach einer Viertelstunde schlief sie ein. Sie war umgeben von Patienten, die dem Tode näher waren als sie.

Die Verwaltung des Krankenhauses bemühte sich im Laufe des Vormittags, ihre Heimatadresse und die des verstorbenen Kai Friedmann zu ermitteln, dessen Leichnam schon im Kühlraum der Klinik lag. Es gelang, weil beide auf der Insel ordnungsgemäß gemeldet waren. Kurz darauf rief man bei Janas Eltern und in Hamburg bei dem Vater des verunglückten jungen Mannes an, der dort mit seinem ersten Wohnsitz registriert war. Silke war abgereist, nachdem sie den letzten Nachmittag ihres Urlaubs am Bett der bewußtlosen Freundin verbracht hatte. Abends war sie im Hotel früh schlafen gegangen, hatte aber die ganze Nacht hindurch keine Ruhe finden können. Als sie am anderen Morgen abflog und auf die Inselhauptstadt herabblickte, begann ihr Herz zu rasen, und es schnürte ihr die Kehle zu.

Raul Alvarez wartete vergebens auf den Beamten, von dem er gern wissen wollte, ob der Unfall auf der Straße nach Callio geklärt sei und wie es dem einen der Jungen gehe, der noch gelebt hatte. Alvarez hatte alles aufgeschrieben, weil er dachte, er müsse noch einmal aussagen. In der Zeitung hatte nichts gestanden, und auch in den lokalen Fernsehberichten war nichts erwähnt worden. Seine Frau meinte, daß er seinen Zettel ruhig wegwerfen solle.

Der bekannte Tenor Alessandro Caneri ließ verlauten, daß er bald wieder auftreten werde. Er sei gesund, und eine neue Tournee werde vorbereitet. Zuerst werde er in Rom singen. Leider allerdings sei seine geliebte Tante, die ihn in seinen Schweizer Kurort begleitet habe, im dortigen Krankenhaus verstorben. Bis zuletzt habe er an ihrem Bett gewacht.

Aus Callio hörte man Gutes. Über die Medien ließ die Regierung verlauten, daß die Seuche auf dem Rückzug sei. Der Erreger sei erkannt und isoliert worden, es sei gelungen, die Infektionen zu lokalisieren und auf kleine Gebiete einzudämmen. Zwar habe die Krankheit Opfer gefordert, aber man sei optimistisch. Binnen kurzem werde entschieden, wann die Quarantäne gelockert werden und die Region wieder frei sein könne. Man müsse aber noch Geduld haben.

Es sei erfreulich, daß die Touristen durch all das in keiner Weise behelligt worden seien, ja, alle hätten dank der Maßnahmen der Regierung von der Epidemie nicht das Geringste wahrgenommen, und sie hätten ihren Urlaub unbeschwert und fröhlich wie immer auf der Insel verbringen können. Fernsehen, Rundfunk und die Presse hätten sich vorbildlich verhalten und überaus objektiv aus dem Krisengebiet berichtet. Auch im Ausland sei in keinerlei Weise negativ über die Insel gesprochen worden.

Die Regierung beabsichtige, einigen hundert Menschen, die demnächst durch das Los bestimmt würden, ein kostenloses Wochenende auf der Insel zu bescheren. Und wenn die Seuche endgültig besiegt sei, werde an den südlichen Stränden ein großes Fest gefeiert, zu dem die Regierung alle Touristen und auch die Bewohner der Insel einladen werde. Man danke allen, die in schwieriger Zeit geholfen hätten, vor allem der Polizei und ihrem umsichtigen Chef, dem Oberst Gintero. Er werde bald pensioniert werden, und er werde an dem Tage, an dem er sein Amt niederlege, für seinen Einsatz in besonderer Weise geehrt werden.

Jana erwachte am Sonntagmorgen. Die Medikamente, die sie im Tief-
schlaf gehalten hatten, waren am Tage zuvor nach und nach abgesetzt
worden. Als sie ihre Augen öffnete, sah sie ihre Mutter. Ihr war elend,
sie war müde, und sie wußte nicht, wo sie war. Dann dachte sie, sie sei
zu Hause in Ratingen. Die Mutter, die seit fast einer Woche schon auf
der Insel war, beugte sich über sie. Sofort nach dem Anruf hatte sie
ein Ticket besorgt und war am nächsten Tag von Düsseldorf aus abge-
flogen, um bei der Tochter zu sein. In einem Hotel in der Hauptstadt,
nahe der Kirche San Antonio, hatte sie ein Zimmer gefunden, und
jeden Tag war sie im Krankenhaus bei ihrer Jana gewesen. Zuerst
hatte die Tochter noch auf der Intensivstation gelegen, dann war sie in
die neurologische Abteilung verlegt worden.
Jana sah schlecht aus. Sie war blaß und mager, ihr dunkles Haar krin-
gelte sich auf dem Kopfkissen, stumpf und gleichgültig blickte zur
Decke des weiß getünchten Raumes hinauf. Nach einer Weile erst
schaute sie die Mutter an.
„Wo ist Kai?"
Die Mutter strich ihr über die Stirn.
„Jana, Liebes, ich bin so froh! Seit fünf Tagen bin ich hier, und jetzt
bist du wieder bei dir, jetzt hast du zum ersten Mal etwas gesagt!"
Jana erschrak und wollte sich aufrichten, aber es ging nicht.
„Seit fünf Tagen? Das kann nicht stimmen! Das ist nicht wahr!"
„Doch, Jana."
„Was ist denn passiert? Und wo ist Kai?"
„Jana, gleich wird der Arzt kommen, der dich hier zuerst behandelt
hat. Er hat mir gesagt, wenn du wach bist, soll ich ihm Bescheid ge-
ben. Ein netter junger Mensch ist er, er heißt Dr. Hiego und ist an dir
sehr interessiert. Er will mit dir über alles sprechen."
„Bitte, Mutti, hol ihn!"
Frau Heller sah ihre Tochter an, stand auf und ging hinaus. Schon
nach wenigen Minuten kam sie zusammen mit dem Arzt zurück, der
sogleich ihre Hand nahm.
„Sie leben wieder, gut so, junge Frau. Schöne Geschichten haben Sie
gemacht, aber nun wird's aufwärts gehen, denke ich."
Jana war erstaunt, daß der Arzt deutsch sprach, sie schaute ihn an und
begann sich zu erinnern. Sie hob ihren Kopf.
„Herr Doktor, bitte, sagen Sie mir, was los ist!"

Der Arzt nannte ihr seinen Namen, dann bat er die Mutter, ihn mit der Patientin allein zu lassen. Sie solle sich in der Cafeteria ausruhen, meinte er, da gebe es einen guten Kaffee. Als sie gegangen war, untersuchte er Jana kurz, gab ihr eine Spritze, setzte sich zu ihr und erzählte ihr, was er wußte. Jana konnte es zuerst kaum begreifen. Als er ihr sagte, daß Kai infolge schwerer, innerer Verletzungen gestorben sei und daß auch seine Beine mehrfach gebrochen gewesen seien, sah sie ihn fassungslos an.

„Und jetzt, wo ist er jetzt?"

„Beruhigen Sie sich, bitte. Wir haben seinen Vater benachrichtigt, und der hat daraufhin ein Bestattungsinstitut beauftragt, seinen Sohn nach Hamburg zu überführen. So ist es vorgestern auch geschehen, nach den üblichen, umständlichen Formalitäten."

„Und Pablo?"

„Sie meinen den anderen, der gleich tot war? Er ist zwei Tage nach dem Unfall in seinem Heimatdorf beerdigt worden."

Jana schloß die Augen, und der Arzt griff nach ihrem Puls. Es war alles in Ordnung, aber erst nach sehr langer Zeit blickte sie wieder auf.

„Meine Freundin Silke? Wissen Sie etwas von der?"

„Ja, sicher. Die war am Tag nach Ihrem Zusammenbruch hier und hat den ganzen Nachmittag bei Ihnen gesessen. Am anderen Morgen mußte sie ja abreisen. Inzwischen hat sie übrigens schon zweimal angerufen und nach Ihnen gefragt."

Wieder schloß Jana die Augen, und der Arzt merkte, daß sie kaum noch anzusprechen war. Er hütete sich deshalb, sie schon jetzt mit einer weiteren Neuigkeit zu überraschen. Er ließ eine Schwester kommen und sagte ihr, sie möge die Patientin aufs beste versorgen und sie genau beobachten. Bei der morgigen Visite würde er sie wiedersehen, dann würde er mit den Kollegen ein neues Röntgenbild auswerten und die medizinischen Notwendigkeiten besprechen. Wenn alles normal verliefe, so rechne er damit, Jana Heller bald entlassen zu können.

Zwei Tage später war es soweit, Dr. Hiego kam, um ihr die gute Nachricht zu bringen. Und erst jetzt, kurz bevor sie aufstehen würde, um sich zu duschen, anzuziehen und ihre wenigen Sachen zu packen, teilte er ihr mit, daß sie schwanger sei. Sie sah ihn ungläubig an und schwieg. Dann drehte sie sich zur Wand, und der Arzt sah, daß sie wie erstarrt war. Ihrer Mutter hatte er nichts gesagt.

An diesem Tag wurde in einer Autowerkstatt der Inselhauptstadt der Rammschutz eines Landrovers gegen einen neuen ausgetauscht. Der alte war verbogen und zerschrammt. Das Fahrzeug sei während eines Einsatzes in Callio beschädigt worden, hieß es im beiliegenden Reparaturauftrag. Gleichzeitig wurden in einem Betrieb für Metall- und Schrottverwertung die Reste eines Motorrollers zu einem erstaunlich kleinen Würfel zermalmt.

Der Bauer Alvarez glaubte nicht mehr, daß noch jemand kommen würde, um sich nach dem Unfall zu erkundigen. Er tat, was seine Frau ihm gesagt hatte, er warf den Zettel weg. Viel Arbeit auf seinem Hof hatte er, und er begann zu vergessen, was auf der Straße nach Callio geschehen war.

Henri Santana saß im Gefängnis und wartete auf seinen Prozeß. Er hatte einen Anwalt genommen, der ihn aber immer wieder vertrösten mußte. Die Justizbehörden seien überlastet, meinte er, deshalb müsse er geduldig sein. Im übrigen werde die Zeit der Untersuchungshaft auf die Strafe angerechnet. Maria Martinez durfte ihren Bruder einmal im Monat besuchen.

Hauptkommissar Vargas entschloß sich, seine Freundin, ein Mädchen aus seinem Heimatort, mit dem er schon länger zusammen war, zu heiraten. Jetzt, da er ein höheres Gehalt bezog, war es möglich. Es bestand sogar die Aussicht, zum Kriminalrat befördert zu werden. Weil er kein Hochschulstudium absolviert hatte, mußte er dazu den sogenannten zweiten Weg wählen, der nur wenigen die Chance zu einem solchen Aufstieg eröffnete. Voraussetzung waren besondere Leistungen im Dienst, der erfolgreiche Abschluß einiger Lehrgänge und absolute Loyalität gegenüber Staat und Gesellschaft. Stefan Vargas wollte diesen Weg gehen.

Auf Herbert Kauners Grab im Nordosten der Insel wurde ein monumentaler Stein gesetzt, der eigentlich gar nicht zum schlichten Friedhof des Dorfes paßte. Sein Sohn hatte mit einer überaus großzügigen Spende die Bedenken der Gemeinde- und Kirchenväter zerstreut, und nach einiger Zeit fanden fast alle im Ort das Denkmal schön. Vielleicht könnte es eines Tages ein Touristenziel werden, meinten einige der Dorfbewohner.

Jana Heller verließ das Krankenhaus der Hauptstadt gegen Mittag. Ihre Mutter hatte ein Taxi bestellt, und Dr. Hiego begleitete die beiden Damen bis zum Ausgang des Hospitals. Er küßte der Mutter die Hand und nahm Jana in den Arm. Sie ließ es sich gefallen und lächelte ihn für einen Augenblick an. Ihre Tasche mit den wenigen Utensilien war schnell verstaut, und jetzt sollte es ins Hotel an der Kirche San Antonio gehen, wo Frau Heller vor einigen Tagen schon ein Zimmer für ihre Tochter hatte reservieren lassen. Jana war in einer merkwürdigen Verfassung. Es ging ihr besser, sie hatte keine Schmerzen, ihr wurde nicht mehr schwindelig, aber sie fand sich nicht mehr zurecht. Sie fühlte sich leer und ausgebrannt und konnte sich an nichts freuen. Keinen Moment lang konnte sie Kai vergessen, und gleichzeitig mußte sie daran denken, was Dr. Hiego ihr vor zwei Stunden gesagt hatte und was sie immer noch nicht glauben konnte. Schwanger von Kai! Von einem Menschen, der nicht mehr lebte!

Als sie losfuhren, stieß sie die Mutter heftig an und sagte, sie wolle zuerst in ihr Strandhotel.

„Aber Jana, was willst du denn da noch? Deine Sachen sind doch längst im unserem Hotel, ich habe sie holen lassen. Sie liegen in deinem Zimmer!"

Jetzt konnte sie nicht schnell genug ins neue Hotel kommen, und als sie ins Foyer gingen, begrüßte sie weder den Portier noch sonst jemanden, sondern stürmte die Treppe hinauf in den ersten Flur und wartete ungeduldig, bis die Mutter da war und auf die richtige Tür wies. Sie riß sie auf und sah ihren Koffer und die große Reisetasche vor dem Bett stehen. Sie griff danach, legte sie aufs Bett und öffnete hastig die Verschlüsse. Sie wühlte in den Sachen, dann rief sie laut nach ihrer Mutter, die voller Angst gleich bei ihr war.

„Jana, was ist?"

„Mutter, ist das alles, was du aus dem Hotel hast holen lassen?"

„Ja."

„Mutter!" - Jana sah sie entsetzt an - „das Wichtigste fehlt doch!"

„Was denn?"

„War denn kein Laptop dabei, so ein kleiner Computer, und eine Mappe mit Aufzeichnungen und eine Tasche mit Fotos und Landkarten?"

„Aber Kind, nein, das ist alles, was sie mir gebracht haben."

„Mutter, ich muß sofort im Strandhotel anrufen!"

Frau Heller schüttelte den Kopf, während Jana hinunterlief und ein Handy verlangte. Nach einer Weile hatte sie den Hotelbesitzer am Apparat, der sich sofort nach ihrer Gesundheit erkundigte. Aber sie wollte nur wissen, wo die Sachen seien.

„Welche Sachen?"

Sie erklärte es ihm. Er sagte ihr dann, daß in der Woche nach dem Unfall Leute von einem Bestattungsinstitut gekommen seien, die hätten sich ausgewiesen, und er hätte sie in das Zimmer geführt, wo sie mit ihrem Freund gewohnt habe. Die Männer hätten die Sachen des Verstorbenen - er wünsche ihr übrigens noch sein Beileid - eingepackt und mitgenommen. Sie hätten für all das eine Legitimation gehabt, ausgestellt von einem Anwalt aus Hamburg und unterschrieben vom Vater des Herrn Friedmann.

„Ja, aber die wesentlichen Dinge, die lagen doch in meinem Schrankfach! Wo sind sie?"

„Davon weiß ich nichts. Das Zimmer ist gründlich gereinigt worden, nachdem Ihr Gepäck abgeholt wurde, und mehr ist nicht gefunden worden. Inzwischen ist es auch wieder vermietet. Tut mir leid, Fräulein Heller, Ihnen nicht weiter helfen zu können."

Jana ließ das Handy sinken, stand auf und brachte das Gerät zur Rezeption. An der Wand war ein Spiegel, in den schaute sie hinein, und sie erschrak, wie sie aussah. Trotzdem nahm sie sich vor, am Abend ein wichtiges Gespräch zu führen. Sie ging in ihr Zimmer, legte sich aufs Bett und versuchte zu schlafen. Ihre Mutter erkundigte sich währenddessen nach den Flugzeiten, denn spätestens übermorgen würden sie nach Hause abreisen. Dr. Hiego hatte zugestimmt, ja sogar dazu geraten.

Gegen neunzehn Uhr saß Jana mit ihrer Mutter beim Abendessen. Es schmeckte ihr nicht. Sie hatte auch kaum geschlafen, sondern gegrübelt und immer wieder gegrübelt. Nach dem Essen bat sie ein zweites Mal um das Handy, entschuldigte sich bei der Mutter und ging wieder hinauf in ihr Zimmer. Sie setzte sich auf einen Stuhl und ließ sich von der Auskunft die Nummer von Kais Vater geben. Es dauerte ein wenig, weil sie seinen Vornamen nicht wußte, aber weil er im Telefonbuch noch als Journalist geführt wurde, klappte es.

Sie wählte. Nach längerem Signal ein Knacken, dann eine Stimme.

„Hier Friedmann. Mit wem spreche ich?"

Jana wunderte sich, wie wenig es nach Kai klang. Sie war verschüchtert und sagte zuerst nichts.

„Hallo, wer ist da? Bitte melden Sie sich!"

„Hier ist Heller! Ich bin die - Jana, - ich bin - ich war die Freundin von Ihrem Sohn, von Kai."

„Wo sind Sie, von wo aus sprechen Sie?"

„Ich bin hier in einem Hotel auf der Insel, auf der Ferieninsel, wo ich mit Ihrem Sohn zusammen war."

„Mit meinem Sohn? Ich weiß nichts von Ihnen, tut mir leid. Kai hat mir nichts von Ihnen erzählt. Sind Sie die Freundin aus Hannover, die er seit einigen Jahren kannte?"

„Nein, nein!"

„Mein Sohn ist auf der Insel verunglückt, er ist tot, und wir haben ihn vor einer Woche hier in Hamburg beerdigt. Sie können sich denken, wie traurig ich bin, und es fällt mir schwer, über ihn zu reden."

„Aber - aber ich bin doch auch so traurig, ich..."

Jana konnte kaum noch weitersprechen.

„Ich will es glauben, liebes Fräulein, aber wie gesagt, ich kenne Sie nicht."

„Ich war doch bis zuletzt bei ihm, bis zu seinem Tode. Wollen Sie denn davon nichts wissen?"

„Ach, er liegt jetzt im Grab, und davon wird er nicht wieder lebendig. Ich habe den ärztlichen Bericht aus dem Krankenhaus bekommen, der war bedrückend genug."

„Aber ich... ich habe Kai geliebt."

„Ich kann es verstehen. Auch ich war einmal jung und verliebt."

„Ich - ich wollte zu ihm nach Hannover kommen und mit ihm zusammen leben!"

„Das geht ja nun leider nicht mehr."

Jana war ernüchtert und entsetzt, aber sie nahm sich zusammen.

„Herr Friedmann, ich möchte Sie noch etwas fragen."

„Bitte?"

„Sie haben doch Kais Sachen nach Hamburg holen lassen. War in seinem Gepäck ein Laptop, war da eine Mappe mit Notizen, waren da Fotos und Landkarten?"

Eine kurze Pause.

„Nein, liebes Fräulein. Nichts dergleichen war in seinen Sachen, nein, nichts."

„Aber ich habe doch mit ihm zusammen hier auf der Insel einen großen Artikel verfaßt, den hat er in seinen Computer getippt. Wir haben fotografiert und skizziert, und alles sollte doch im Magazin in Hamburg erscheinen, alles über den Skandal hier! Und er wollte doch im Rundfunk eine Sendung darüber machen!"

„Rundfunk? Magazin? Skandal? Meine Dame, davon weiß ich nichts, das höre ich zum ersten Mal."

„Aber er hat Sie deswegen doch mehrmals angerufen! Sie wollten ihm doch helfen! Sie hatten das alles doch arrangiert!"

„Ich? Was denken Sie? Das könnte ich doch gar nicht. Ich bin Rentner und habe keinerlei Möglichkeiten zu so etwas, weder bei den Printmedien noch sonstwo!"

„Haben Sie mit Kai telefoniert oder nicht?"

„Ja, gewiß, sogar zweimal. Er hat mir erzählt, wie schön es auf der Insel sei und wie zufrieden er mit seinem Hotel war. Vom Baden im Meer hat er geschwärmt und auch von einem Ausflug ins Innere."

„Sonst nichts?"

„Nein, sonst nichts."

Jana war für einen Moment ganz still.

„Herr Friedmann, warum sagen Sie nicht die Wahrheit? Warum lügen Sie? Warum leugnen Sie, was Sie genau wissen? Warum gehen Sie so mit Ihrem Sohn um? Warum tun Sie ihm das an?"

Jana wunderte sich, daß sie so mutig sein konnte. Am anderen Ende der Leitung war es lange ruhig, sie dachte schon, Kais Vater hätte aufgelegt.

Plötzlich sprach er wieder, ganz leise, hastig, und wie verzerrt.

„Frau Heller, wenn Sie wieder zu Hause sind, rufen Sie mich bitte noch einmal an, aber" - er flüsterte - „von einer Telefonzelle aus!"

Dann sprach er wieder lauter.

„Ich wünsche Ihnen alles Gute und einen sicheren Heimflug, Frau Heller."

Jana war so verblüfft, daß sie zuerst nicht merkte, daß ihr Gesprächspartner auf die Taste gedrückt hatte. Sie stand auf und überlegte, und plötzlich war ihr manches klar. Kais Vater hatte sich verstellt, so wie Dr. Mendoza in Callio. Er kannte sie, er wußte alles, aber er wollte nichts sagen. Jedenfalls nicht jetzt. Warum nur verhielt er sich so? Jana spürte nach diesem Gespräch seit langem etwas, das sie stark und zuversichtlich machte. Nach einer Weile ging sie hinunter und brachte das Handy zurück, und der Portier wunderte sich, als er sie anschaute, denn die junge Dame sah ganz anders aus als vorhin. Jana ging wieder hinauf, aber in das Zimmer ihrer Mutter, und sie nahm sie lange in den Arm.

Sie schlug vor, im Foyer noch ein Glas Wein zu trinken, und als sie unten in einer Ecke der kleinen Hotelhalle saßen und der Kellner den Wein gebracht hatte, erzählte sie ihrer Mutter zum erstenmal von Kai. Frau Heller hörte ihrer Tochter zu, ohne sie zu unterbrechen. Manches jedoch verschwieg Jana, sie sagte nichts von Callio und verriet auch nicht, daß sie schwanger war. Als sie zu sprechen aufhörte, sah ihre Mutter sie lange an.

„Jana, ich weiß, wie dir zumute ist. Der Kai muß ein prima Junge gewesen sein, wie du ihn schilderst. Merkwürdig, wie sich manches zu wiederholen scheint..."

„Was meinst du, Mutter?"

„Ach, ich weiß nicht, ob ich davon reden soll, Jana. Es ist schon so lange her."

„Erzähl' doch!"

Frau Heller lehnte sich zurück, und ihre Augen wurden dunkel.

„Bevor ich deinen Vater kannte, Jana, hatte ich einen anderen Partner, und er war mehr als nur ein Freund. Ich habe diesen Mann geliebt, und ich hätte ihn sicher auch geheiratet."

„Warum tatest du es nicht?"

„Weil er gestorben ist."

Noch nie hatte Jana so mit ihrer Mutter gesprochen.

„Woran, Mutter, woran ist er gestorben?"

„Es ist eine lange Geschichte, Jana. Ich weiß nicht, ob sie dich interessiert."

„Bitte, Mutti!"

„Es war in Berlin, Jana, Ende der sechziger Jahre. Ich war damals Sekretärin im chemischen Institut der Freien Universität, und da habe ich einen Studenten kennengelernt, einen großen Jungen mit blauen Augen. Er war nicht so wie viele andere, nicht so oberflächlich und auf schnelle Abenteuer aus. Mit ihm bin ich ausgegangen, wir haben so manche Nacht hindurch getanzt und uns am anderen Morgen getröstet, wenn wir uns etwas müde in den Laborräumen der Uni wiedersahen, denn da war er oft. Er studierte Chemie. Dann kamen die Unruhen, die Proteste, die Demos, die Besetzungen, die Aufstände und die brutalen Zusammenstöße zwischen der Polizei und den Studenten. Vielleicht weißt du, daß dabei eines Tages ein junger Mann namens Benno Ohnesorg erschossen wurde."

Jana nickte, sie hatte davon einmal gehört.

„Mein Freund, er hieß Michael, hat damals auch mitgemacht, er war dabei, auch er war einer der Idealisten, die in dieser Zeit die Welt verändern wollten. Wir haben uns eine gemeinsame Wohnung genommen, und das war damals noch nicht selbstverständlich. Es war ungehörig, aber es paßte zu uns, zu den Weltverbesserern."

Die Mutter trank einen Schluck Wein.

„Ich habe ihn dann aber gar nicht mehr oft gesehen, weil er immer unterwegs war. Immer hatte er zu tun mit der Politik, mit Aufrufen, Sitzungen, mit studentischen Ausschüssen und Asta-Wahlen. Er war immer für andere da, er zerriß sich fast für seine Ideen. Aber er haßte jede Gewalt, er wollte alles mit demokratischen Mitteln erreichen. Ja, und eines Tages haben sie mich aus einer Klinik angerufen, so wie dich bei deinem Kai, und der Michael lag da in der Intensivstation, wie dein Freund hier auf der Insel. Er war bei einer Demo in eine wilde Schlägerei geraten, er war am Kopf getroffen worden, und dann ist er gegen einen Wasserwerfer geschleudert worden, gegen eines dieser Polizeifahrzeuge, und dabei ist er schwer verletzt worden. Er hat sich danach wohl noch erholt, aber sein Hirn war geschädigt, und er war von dieser Zeit an behindert. Er konnte nicht mehr studieren und mußte schließlich sogar in ein Pflegeheim. Dort ist er nach etwa einem halben Jahr bei einem epileptischen Anfall gestorben. Er ist erstickt. Du kannst dir vorstellen, Jana, was ich damals durchgemacht habe. Einige Zeit nach seinem Tod bin ich von Berlin fortgezogen, ich konnte dort nicht mehr leben. Mehr durch Zufall bin ich nach Düsseldorf gekommen, und da habe ich später dann deinen Vater kennengelernt. Ja, Mädchen, das ist meine Geschichte."

Sie schwieg. Jana sah sie lange nachdenklich an.

„Ja, Mutter. Diese Ähnlichkeiten. Gegen ein Polizeifahrzeug, sagtest du?"

„Ja, gegen ein Polizeifahrzeug."

Jana nahm sie in den Arm, wie vorhin im Zimmer, und gab ihr einen Kuß.

„Mutti! Daß du mir das alles erzählt hast!"

„Ach, Kind, ja."

Sie nahm ihr Glas und lächelte Jana an.

„Ich glaube, so haben wir uns lange nicht verstanden, oder?"

Sie stießen an, und Jana bemerkte, wie schön ihre Mutter noch immer war.

Die Lage in Callio entspannte sich. Man sah wieder Menschen auf den Straßen. Einige Geschäfte, die Banken, die Post, die Apotheken und auch manche Lokale waren stundenweise geöffnet. Die Stadtverwaltung arbeitete wieder, wenn auch eingeschränkt und mit weniger Bediensteten als früher. Die Brunnen plätscherten, und einige Laubbäume trieben frisches Grün. Ab und zu sang ein Vogel, abgemagerte Hunde und Katzen streunten durch die Gassen und suchten nach Futter. Auf der Hauptstraße fuhren wieder Autos, aber nicht so viele sonst. Weniger Polizisten als noch vor einigen Wochen durchstreiften die Stadt, und sie trugen keine Masken mehr. Die Zelte und Baracken rings um das Krankenhaus waren abgebaut worden. Nur noch ein Rettungswagen parkte vor dem Eingang, und alles war ruhiger. Die fremden Ärzte waren nicht mehr da. Sie waren nach und nach in ihre Heimatländer zurückgekehrt.

In den Gärtnereien vor den Friedhöfen drängte es sich. Viele Menschen kauften Blumen und besuchten die Gräber ihrer Angehörigen, die sie allerdings oft nur mit Hilfe von Wärtern und Angestellten der Bestattungsunternehmen fanden. Kinder waren wieder auf der Straße. Auf ihre Spielplätze durften sie noch nicht. Sie beobachteten voller Neugier, wie die städtischen Arbeiter den Sand in den Kästen auswechselten und die Schaukeln und andere Geräte abwuschen und desinfizierten. Auch sonst wurde Callio gesäubert. Unentwegt kreisten Reinigungswagen durch die Stadt, sie schluckten welkes Laub und den Staub, der sich in vielen Wochen angesammelt hatte. Danach wurden nicht nur die Straßen, sondern auch die Häuser mit heißem, präpariertem Wasser besprüht.

Die lokale Zeitung erschien wieder, nach langer Zeit. Sie berichtete von den schlimmen Wochen und vom Tode so manches bekannten Mitbürgers. Aber es gab auch Artikel, die hoffen ließen. Von Spenden war die Rede, von Regierungsgeldern, die in Millionenhöhe fließen würden, um allen zu helfen, die durch die schrecklichen Ereignisse betroffen seien.

Im Sportteil wurde das erste Fußballspiel angekündigt. Die Stadtauswahl von Callio sollte gegen ein Team aus der Umgebung antreten. Luis Macado allerdings, dieser großartige Spieler, werde nicht mehr dabei sein. Auch er sei der Seuche erlegen.

Die Quarantäne war noch nicht aufgehoben. Noch waren die Grenzen geschlossen, und außer den Versorgungsfahrzeugen durfte nach wie vor niemand in die Region hinein oder aus ihr hinaus.

Der letzte Tag auf der Insel. Jana und ihre Mutter bummelten nach dem Frühstück durch die Stadt, und als sie an einem Kiosk vorbeikamen, fielen Jana die Schlagzeilen der Lokalzeitung auf. Sie las, daß es in Callio aufwärts gehe und daß die Seuche so gut wie besiegt sei. Jana schüttelte den Kopf. Auf dem Rückweg besuchten die beiden die Kirche San Antonio. Sie setzten sich auf eine der hinteren Bänke und betrachteten das Innere des Gotteshauses, das von Heiligenfiguren und bunten Bildern fast überquoll. Plötzlich stieß Frau Heller ihre Tochter an.

„Du, da hat dich jemand gegrüßt!"

Jana blickte auf und erkannte Frau Martinez, die gerade die Kirche verließ und ihr verstohlen zuwinkte. Sie sah traurig aus, und Jana wußte, daß es wegen Pablo war. Sie winkte zurück, obwohl ein Geistlicher, der in den Bänken die Gebetsbücher sortierte, sie ein wenig zornig anschaute.

Am späten Nachmittag wollte Jana noch einmal über die Küstenstraße in die Touristenmetropole fahren. Sie bestellte ein Taxi, und ihre Mutter verstand, daß sie auf dieser Fahrt allein sein wollte. Die Sonne neigte sich, als Jana im Wagen an den endlosen Promenaden entlang glitt, als sie auf den Strand schaute, der wie immer voll war von Menschen. Sie sah die Flanierenden, die Cafés und Lokale, wie damals, als sie mit Silke zum ersten Mal hier vorbeigekommen war. Nichts hatte sich seitdem verändert. Doch für sie war alles anders geworden.

Am Strandhotel bat sie den Taxifahrer, anzuhalten. Sie stieg aber nicht aus, sondern blickte vom Wagen aus auf die Terrasse. Nur wenige Gäste waren zu sehen, aber sie kannte keinen von ihnen. Der Ecktisch, an dem sie so oft mit Kai gesessen hatte, war frei. Als der Hotelbesitzer auftauchte, sagte sie dem Chauffeur, er solle weiterfahren.

Sie kamen nur langsam voran, aber dann ging es schneller, die Küste entlang in Richtung Norden. Da, wo die Straße nach Westen, nach Callio hin, abzweigte, ließ sie den Wagen wieder halten. Für einen kurzen Augenblick sah sie in das Tal hinein, in dem Pablo und Kai verunglückt waren.

Dann wendete der Fahrer, er gab Gas, und nach einer knappen Stunde war Jana wieder in ihrem Hotel an der Kirche San Antonio. Sie hatte Abschied genommen.

Während Frau Heller am anderen Morgen gegen zehn Uhr an der Rezeption ihres Hotels die Rechnung beglich, kurz mit ihrem Mann telefonierte, ein Taxi zum Flughafen bestellte und ein Hausdiener die Koffer und Taschen ins Foyer hinunter brachte, stand der Präsident der Inselrepublik in seinem feudal ausgestatteten Empfangsraum im Südflügel des Regierungspalastes und überprüfte ein Arrangement. Er schaute kritisch auf die elegante, weißlederne Sitzgruppe vor dem Gobelin, in deren Nähe ein kleines, aber erlesenes Büfett hergerichtet worden war. Frische Blumen und exotische Pflanzen schmückten den Raum, und auf einem schön dekorierten Ecktisch blinkten Eiskübel mit Champagner. Der Präsident hatte nur zwei Gäste geladen, zwei Männer, die Außerordentliches geleistet hatten. Als die beiden Herren, der Oberst Gintero und der Vorsitzende des Parlaments, den Empfangsraum betraten, ging der höchste Repräsentant der Insel auf sie zu und schüttelte ihnen lange die Hand. Vor einigen Wochen waren sie ja schon einmal bei ihm gewesen,. aber diesmal war die Situation ganz anders.

„Meine Herren, ich darf bitten."

Der Präsident wies auf die Sitzgruppe, und während die Herren sich ein wenig ehrfürchtig auf den durch so manche Fernsehsendung bekannten Fauteuils niederließen, erschienen zwei sehr hübsche, adrett gekleidete Mädchen und schenkten in edel geschliffene, sehr alte Kristallgläser Champagner ein.

Der Präsident hob sein Glas.

„Auf Ihr und unser aller Wohl, meine Herren!"

Der Präsident stieß zuerst mit dem Polizeichef an, danach mit dem Parlamentarier.

„Herr Oberst, Herr Vorsitzender", begann er, „der Anlaß, zu dem ich Sie gebeten habe, ist bemerkenswert und mehr als erfreulich. Ich komme wie immer gleich zur Sache. Ich darf Ihnen sagen" - er machte eine wohldosierte Pause - „daß mir gestern in den frühen Abendstunden vom Umweltministerium eine wichtige und überaus ersehnte Nachricht zugefaxt worden ist. Meine Herren" - der Präsident erhob sich, und die Gäste taten es auch - „die Nachricht lautet, daß der Nordwesten unserer Insel nahezu strahlungsfrei ist, daß der radioaktive Fallout, der uns über alle Maßen bedrohte, in den letzten Tagen so gut wie nicht mehr meßbar ist. Meine Herren, die Gefahr scheint gebannt! Wir sind erlöst! Die Insel ist gerettet!"

Die drei standen und schwiegen für eine Weile, wie bei einer heiligen Messe. Dann stießen sie wieder an, diesmal gleichzeitig, und der Präsident lächelte. Sie setzten sich wieder, und der Präsident lehnte sich zurück.

„Dem Himmel sei Dank, Gott sei Dank! Und denen, die uns außerdem noch beigestanden haben „

Wieder schwiegen alle. Nach einer Weile traute sich der Oberst.

„Herr Präsident, darf ich fragen?"

„Sie dürfen."

Der Oberst beugte sich vor, nachdem er sein Glas auf den Tisch gestellt hatte.

„Herr Präsident, weiß man inzwischen, woran es lag? Weiß man, von wo die Strahlung ausging?"

Der Präsident sah ihn lange an.

„Lieber Oberst, das könnte für immer ein Geheimnis bleiben. Ich habe gestern abend spät noch mit einigen Spezialisten telefoniert, und ganz sicher waren auch sie sich nicht. Vieles aber spricht für die Theorie mit der Bombe. Sie wissen ja, was ich meine. Vor allem deswegen können wir von diesem Zusammenhang ausgehen, weil die Strahlung gerade zu der Zeit nachließ, als die US-Schiffe aus dem Golf von Callio verschwanden. Wir hoffen, daß die Amerikaner uns noch informieren werden. Aber das ist letztlich zweitrangig, wesentlich ist, daß alles vorbei zu sein scheint. In Callio sieht es doch jetzt auch besser aus, nicht wahr, Oberst?"

„Gewiß doch, ja, Herr Präsident. Alles beginnt sich zu normalisieren, die Stadt wird saniert, und das Leben blüht auf."

„Gut so, gut. Bald schon werde ich der Region einen Besuch abstatten. Ich werde vor dem Rathaus von Callio eine Rede halten und den Bewohnern der Stadt und ihrer Umgebung eine bedeutende Summe Geld und andere Hilfsmittel zusagen und schon am nächsten Tag auch zukommen lassen."

Die Herren nickten. Sie waren beeindruckt.

„Die Zahl der Opfer soll ja hoch sein - ist es so, Oberst?"

„Nun, je nach dem, wie man es sieht, Herr Präsident. Aber es waren schon recht viele, die sterben mußten."

„Bedauerlich, sehr bedauerlich. Gab es unter den Opfern auch Touristen?"

„Nein, Herr Präsident, nein, eigentlich nicht."

„Was heißt ‚eigentlich'?"

„Nun ja, es ist kaum der Rede wert, Herr Präsident. Ein Tourist nur, ein junger Deutscher. Er ist an der Grenze von Callio, der er sich zusammen mit einem Einheimischen wohl ein wenig neugierig genähert hatte, bei einem Verkehrsunfall ums Leben gekommen."

„Verkehrsunfall? Das hat ja nun nichts mit der Sache selbst zu tun, lieber Oberst! Das kann schon passieren. Wir haben jedes Jahr einige Unfalltote auf der Insel, auch unter den Touristen. Vielleicht sollten wir einmal an eine Reform unserer Straßenverkehrsgesetze denken, nicht wahr?"

„Gewiß, Herr Präsident, gewiß."

„Doch jetzt keine Trauermienen mehr, meine Herren! Wir wollen fröhlich sein, wir haben allen Grund dazu. Heran, meine Damen, heran! Schenken Sie nach!"

Die Mädchen taten, wie der Präsident sie hieß, und während die Herren sich wieder und wieder zuprosteten, boten die Hübschen auf silbernen Platten Kaviar, Salm, Hummer, Garnelen, zartes Bratenfleisch, Roastbeef, raffinierte Kanapees, Camembert aus der Normandie, Emmentaler aus der Schweiz sowie tropisches Obst der feinsten Art an.

Die Herren langten zu, und der Präsident ließ seine Gäste hochleben. Er teilte Lob in höchsten Tönen aus, besonders an Gintero, dem er immer wieder dankte für all das, was er in schwerer Zeit getan hätte. Nach dem vierten oder fünften Glas verriet er ihm, daß er ihm anläßlich seiner bevorstehenden Pensionierung den höchsten Orden der Insel, den St. Martins-Stern, verleihen werde. Der Oberst verneigte sich. Danach sprach der Präsident von Volksherrschaft und Gesetz, und er meinte, daß man bald schon eine Parlamentssitzung anberaumen solle - der Vorsitzende nickte dazu - und daß man den Abgeordneten bis zu einer gewissen Grenze nun wieder freie Hand lassen könne.

„Die Tage der Not liegen hinter uns, meine Herren, da darf wieder Demokratie sein, da kann wieder diskutiert und abgestimmt werden! Ich möchte nicht wissen, wie es ausgegangen wäre, wenn wir nicht..."

Er sprach nicht zu Ende, weil eines der Mädchen etwas auffällig zu ihm hinübergeschaut hatte.

„Ihr Nachfolger allerdings, lieber Oberst, der wird wohl nicht mehr von Ihrem Kaliber sein, der wird vermutlich aus weicherem Holz geschnitzt sein. Aber Gott sorgt dafür, daß stets der rechte Mann zur rechten Zeit am Ruder steht, nicht wahr? Zum Wohl, meine Herren!"

Der Oberst lächelte, sah dann aber nachdenklich und ein wenig traurig vor sich hin. Der Präsident und auch der Vorsitzende munterten ihn auf, sie klopften ihm auf die Schulter und malten ihm das Leben eines Pensionärs in den schönsten Farben aus. Die Stimmung stieg. Immer wieder mußten die Mädchen einschenken, und besonders der Oberst erwies sich als starker Zecher. Weil er so sehr im Mittelpunkt stand, hielten die anderen mit, und gegen Mittag waren die Herren der Insel derart angeheitert, daß sie so manches ausplauderten, was sie sonst nie gesagt hätten. Dabei fiel auch öfter das Wort ,Callio', und die Herren lachten manchmal, besonders, wenn der Oberst erzählte, obwohl es keineswegs immer Witze waren, die er zum besten gab. Als der Polizeichef schließlich so ausgelassen wurde, daß er mit den Mädchen zu schäkern begann und einem von ihnen blitzschnell unter den Rock zu fassen versuchte, mahnte der Präsident zum Aufbruch. Sofort standen die Herren auf und nahmen Haltung an.

Der Präsident geleitete sie ein wenig schwankend zur schweren, getäfelten Tür des Empfangsraums und verabschiedete sich von ihnen. Jedem gab er wieder die Hand, und er bedankte sich dafür, daß sie gekommen seien. Die Gäste verbeugten sich tief, als wollten sie ihm wie einem Bischof den Ring küssen. Vielleicht lag es daran, daß sie ein wenig betrunken waren.

Der Präsident kam zurück und trug den Mädchen auf, alles säuberlich abzuräumen. Danach legte sich in seinem Arbeitszimmer auf eine Couch. Er bedurfte dringend der Ruhe.

Um fast die gleiche Zeit gingen Jana Heller und ihre Mutter durch die Halle des Flughafens. Sie hatten ihr Gepäck am Schalter abgegeben, die Tickets waren entwertet, und jetzt, kurz nach zwölf, würden sie die Insel verlassen. Scharen von Touristen kamen ihnen in der Nähe des Ausgangs entgegen, neue, wie man den Gesichtern ansah. Sie waren noch etwas blaß und voller Erwartung. Manche schauten Jana an. Keiner von ihnen ahnte, was sie hier erlebt hatte.

Das Flugzeug zog an, dann stieg es empor. Es flog noch eine Schleife über der Hauptstadt, vielleicht, weil es einer Maschine ausweichen mußte, die sich verspätet hatte. Jana saß am Fenster und blickte hinab. Das Gewirr der Altstadthäuser, die Kirchen, die Plätze, die Klinik und der mächtige Regierungspalast, alles war genau zu erkennen. In der Ferne am Meer verlor sich die Küstenstraße, und weit hinten am Horizont verschwamm die Silhouette der Touristenmetropole.

Jana lehnte sich in ihren Sitz. Sie wollte weg von der Insel, weg von all dem Schrecklichen, weg von Krankheit und Tod. Aber sie freute sich auch nicht auf zu Hause. Was sollte sie machen? Wie sollte sie damit fertig werden, daß sie schwanger war? Könnte sie es den Eltern sagen? Vielleicht nur der Mutter? Sollte sie das Kind austragen? Immer wieder mußte sie an Kai denken und auch an Pablo. Warum nur hatten sie sterben müssen? Mit was für einem Wagen waren sie zusammengestoßen, und warum hatte dessen Lenker Unfallflucht begangen? Es gab keine Zeugen, niemand hatte etwas gesehen oder gehört, das hatte sie von der Polizei erfahren, die sie noch von der Klinik aus angerufen hatte. Man sei dabei, die Sache verfolgen, hatte man ihr versichert, und man werde sie benachrichtigen. Bis jetzt, bis zum Abflug, hatten sich niemand gemeldet, und das war verdächtig. War es nicht doch ein Verbrechen? Ein absichtlich herbeigeführter Crash? Hatte man die beiden kaltblütig umgebracht? Jana zweifelte daran, jemals die Wahrheit zu erfahren, und gleichzeitig wurde ihr bewußt, wie machtlos sie war. Wer würde ihr glauben, wenn sie so etwas behauptete? Wie sollte sie es beweisen? Wen würde es überhaupt interessieren? Kais Vater, ja, natürlich, den schon! Und mit dem wollte sie bald darüber reden! Sie strich der Mutter, die neben ihr saß, über die Hand. Auch ihr würde sie alles sagen, ihr, die sie immer noch so besorgt ansah! Eine Stewardeß verkündete, daß man sich losschnallen könne und daß geraucht werden dürfe. Sie wünsche allen Passagieren einen angenehmen Flug. Jana schaute noch einmal aus dem Fenster. Das letzte, was sie von der Insel sah, war das große Gebirgsmassiv. Am Himmel war keine Wolke.

Der Absturz kam völlig unerwartet. Auf den Radargeräten der Bodenstationen, mit denen der Flug 186 von der Ferieninsel nach Düsseldorf routinegemäß beobachtet wurde, verschwand die Maschine um 12.44 urplötzlich von den Bildschirmen. Gleichzeitig ertönten über Funk Notsignale. Panik brach aus. Hubschrauber und Schnellboote der Küstenwache wurden alarmiert und starteten zur letzten Position des Fliegers. Sie konnten nicht mehr helfen. Gegen 13.30 Uhr wurde über Rundfunk und Fernsehen bekannt gegeben, daß eine Boeing 797 des Reiseveranstalters ATW Holiday auf dem Rückflug von der Ferieninsel nach Düsseldorf aus großer Höhe ins Meer gestürzt sei. Mit Überlebenden sei nicht zu rechnen, doch man werde alles unternehmen, um die Leichen und die Flugzeugtrümmer zu bergen.

In einer Sonderausgabe der Tagesschau gab es die ersten Bilder von der Katastrophe. Man sah eine tiefblaue, von Hubschrauberrotoren gekräuselte Wasserfläche, auf der Gegenstände schwammen, die man aber nicht genau erkennen konnte. Repräsentanten des Veranstalters, Piloten, Fluglotsen und Politiker, alle, die interviewt wurden, waren entsetzt. Noch nie war eine Maschine auf dieser Route nicht an ihr Ziel gekommen. Wie war so etwas möglich? Wie konnte es passiert sein? Ein technischer Defekt? Menschliches Versagen? Ein terroristischer Anschlag gar, ähnlich wie der von Lockerbie? Im Nahen Osten war es wieder unruhig, da konnte man ja nichts ausschließen! Die Blackbox, die man bald zu finden hoffe, würde Aufschluß geben. Dazu werde man die Signale und die Kontrollinstrumente auswerten. Man versprach, das unbegreifliche Unglück so schnell wie möglich aufzuklären.

In der Halle des Düsseldorfer Flughafens spielten sich erschütternde Szenen ab. Angestellte, Ärzte, Geistliche und Psychologen bemühten sich um geschockte Angehörige und Freunde, die auf ihre Lieben gewartet hatten. Sie versuchten sie zu beruhigen, ihnen seelisch beizustehen und sie, falls nötig, medizinisch zu versorgen. Sicherheitsbeamte waren im Einsatz. Sie drängten Kameramänner zurück und verscheuchten Reporter und Fotografen, die die Gefühle der Traumatisierten auszubeuten trachteten. Unter denen, die im Sanitätsbereich des Flughafens ärztlich behandelt werden mußten, befand sich ein etwa 50jähriger Mann namens Johannes Heller aus Ratingen bei Düsseldorf. Neben ihm kümmerte man sich um ein blondes, junges Mädchen aus dem gleichen Ort, das Silke Wiegand hieß.

Am Abend sah sich der ehemalige Journalist Klaus Friedmann die schlimmen Aufnahmen in seiner Hamburger Wohnung im Fernsehen an. Für einen Augenblick dachte er, daß diese Jana, diese Jana Heller, die Freundin seines verstorbenen Sohnes, an ungefähr diesem Tag nach Hause fliegen wollte. Hätte sie in der Unglücksmaschine sein können? Er schüttelte den Kopf. Ständig waren doch die Flugzeuge unterwegs, Tag und Nacht, hundert oder mehr in vierundzwanzig Stunden, hin zur Ferieninsel und von ihr zurück. An einen solchen Zufall konnte er nicht glauben. Er schaltete den Fernseher aus, zündete sich eine Zigarette an und griff nach dem Buch, das er gestern zu lesen begonnen hatte. Ein Buch, in dem von Strukturen und Verbindungen der Mafia in Europa berichtet wurde.

Die Sonne ging unter. Über Hamburg begann es zu dämmern.